As pequenas mortes

As pequenas mortes

Wesley Peres

Rocco

Direitos desta edição reservados à
EDITORA ROCCO LTDA.
Av. Presidente Wilson, 231 – 8º andar
20030-021 – Rio de Janeiro, RJ
Tel.: (21) 3525-2000 – Fax: (21) 3525-2001
rocco@rocco.com.br
www.rocco.com.br

Printed in Brazil/Impresso no Brasil

Preparação de originais
JULIA WÄHMANN

Editoração eletrônica
SUSAN JOHNSON

CIP-Brasil. Catalogação na fonte
Sindicato Nacional dos Editores de Livros, RJ.

P51p Peres, Wesley, 1975-
As pequenas mortes / Wesley Peres. – Rio de Janeiro: Rocco, 2013.

ISBN 978-85-325-2829-2

1. Ficção brasileira. I. Título.

CDD – 869.93
13-0047 CDU – 821.134.3(81)-3

À noite, acordado em meu corpo,
Eu era o Enforcado,
O nervo do pescoço arrancado, o tendão
Que prendia a base do meu crânio
Ao ombro esquerdo
Rasgado, duro de nódulos tensos —
Eu pensava que a explicação da dor
Era estar meu espírito pendendo
De um gancho sob o músculo do pescoço
TED HUGHES

Ana é o nome de uma cor.
KURTAG ŠARSEZT

Para todos os tipos de afeto,
sobretudo os mais perturbadores.

Livro 1
AS PEQUENAS MORTES

Que imenso problema com esses corpúsculos brancos, tornados inoperantes no que se deparam com uma física de estrelas desarticulando a carne. Quase vinte anos depois, custa às pessoas admitirem que o que não acontece, acontece. Pensa-se sempre que a peste é coisa estrangeira, que foices não podem ser azuis. Àquele que lhe é agradável, Deus dá sabedoria, garante o livro que garante, entanto o mesmo livro garante: Deus dá sabedoria, e a máquina de morrer permanece em seus giros e em sua arte repetitiva de pulverizar o que está sob e, porventura, o que esteja sobre o sol. Os habitantes de Goiânia eram perversos e grandes pecadores diante do Senhor? O certo é que houve um cancro nessa cidade cu do mundo, cancro azul, ainda por cima. Azul — durante aqueles dias, espessas trevas cobriram toda a cidade. Não se via um ao outro, só se viam os mortos, e o desejo de todos era matar os mortos. Um pequeno imenso holocausto, um sacrifício consumado pelo fogo, um odor agradável ao Senhor. Somos todos parte de um sacrifício a Ele, ao inominável risco no vidro de nossos olhos. Fomos ungidos, nós, os dessa cidade, ungidos com o doce odor da voz áspera do Deus. E com um cancro azul que habita a paisagem dos meus melhores sonhos.

[eu]

Desde que soube do acidente com o Césio que me impregnei daquelas imagens de Leide e bonecas e flores e morte. Desde então tenho certeza de que morrerei de câncer. E isso tem algo a ver com o fato de haver me tornado um compositor.

Goiânia. 1987, eu, Felipe Werle, 12 anos e a certeza de que tenho câncer. Uma sequência interminável de sons. 1987 produziu, em mim, o contínuo ranger dos dentes da carne em decomposição. Desde os 12 anos, portanto, convivo com a certeza permanente de que o câncer possui o meu corpo. As perturbações do corpo perturbam a alma, que não é outra coisa senão a parte do corpo que toma ciência de si, ou, ainda, que prefere a ignorância.

O pai de Daniel Paul Schreber, médico-pedagogo célebre na Alemanha do século 19, acreditava numa correção da alma mediante a correção ortopédica do corpo. Para tanto, inventou máquinas de reeducação corporal que, ao mesmo tempo, promoveriam a reeducação, o endireitamento da alma. Bendito Schreber-pai, que fez de Schreber-filho o paranoico mais famoso da história.

Césio 137. Amém. Que fez de mim um paranoico. A paranoia é o melhor modo de viver neste mundo. Semana passada, numa livraria em Goiânia, abri um livro do Llosa e li a seguinte frase "Até mesmo os paranoicos têm inimigos." Vamos dar mais um cômodo a isso: até mesmo os paranoicos têm câncer. Por que cargas-d'água falam de mim, comigo, como se fosse impossível que eu sofresse de câncer, como se a paranoia (admito, sou paranoico) protegesse alguém do câncer. Ser um tubarão garante proteção contra o câncer, não ser um paranoico. Alguma vacina que transformasse as pessoas em tubarões, e não em Paul Schreber, imunizaria as pessoas contra o câncer. Se paranoia garantisse pessoa alguma contra câncer, Thomas Pynchon estaria eterno, afinal, toda morte dita natural é de origem cancerígena.

Fui uma criança hipercentrada, eufemismo para a paranoia. Posso inventar outros. Por exemplo: um excesso de autopercepção que leva à dificuldade de afeto endereçado a qualquer coisa que não eu. Ainda quando afetado por alguém (de cedo as mulheres me causavam coisas sem nome, mesmo assim, agora me parece bastante claro), o outro era fagocitado por fantasias nucleadas pela coisa-eu. Tal concentração da coisa-eu trouxe-me muito cedo a preocupação com a morte. Quanto mais autocentrado, mais eu há para morrer.

Autocentramento não exclui a dispersão, nem núcleos semoventes, nem a instauração de determinadas configurações da memória, enquanto outras se desmancham. Escrever poderia ser algo como fotografar instantes da memória. Ocorre-me a ideia constante de que a vida é um livro difícil, para mim, porque afetos e razão selecionam, no meu caso, os blocos mais farpados da memória. Também me ocorre que o câncer pode afetar a memória.

Não que a memória seja uma construção como falamos da construção de prédios, ou de fazendinhas para formigas, ou de relacionamentos estranhos. A memória é uma construção no sentido em que um fantasma se forma a partir de algum lugar do corpo, sob o efeito de algo endógeno ou exógeno, geralmente no estômago. Uma vez formado, o fantasma assombra o escuro das células e converte-as em câncer que há de conhecer-nos num sentido mais do que bíblico.

Desde criança, então, o pressentimento de ser pessoa inviável, mais do que isso, a certeza de ser pessoa inviável, e não há como expressar isso, ou melhor, não há como mostrar isso, colocar isso em presença, que isso aqui não é um épico[1].

[1] Um épico não cansa de colocar as coisas em presença, e o cínico é Homero ser cego, ou ter sido cego quando foi Homero, com corpo e tudo, incluindo a máquina de morrer que agencia os nossos e os dele sonhos de autodestruição a partir do interior de cada célula, foi Homero que nos deu, dá a ver as paisagens iniciais da aventura do Ocidente.

Tive a infância de criança normal. Normal. Normal é uma coisa boa, percebo, é uma arma de manejar o mundo, para que o mundo, sempre muito mais forte do que você, coloque um quanto de força a seu favor — "seu", no caso é "meu", é de mim que se trata.

Agora, tenho 33 anos, já devo ter feito cada exame que pode, hipoteticamente, diagnosticar algum tipo de câncer, cerca de quarenta vezes. Ontem mesmo fiz uma endoscopia ao contrário, se é que me faço entender. Converso com o Google todo o tempo livre, a fim de saber que novos exames há no mercado. Penso até mesmo, estou convicto, de que o que chamam de morte natural, na verdade, é câncer. O câncer é o que mais se aproxima de definir a coisa-homem. A origem do corpo, a origem dos seus meus passos e do que achamos que somos é acidental, contingencial.

Nos últimos tempos, tenho me dedicado a três coisas, à margem o meu câncer ainda não comprovado: as mulheres, odiar meu pai, a música. Sou compositor. Venci a Bienal de Música Contemporânea, ano passado, o que me possibilitou comer mais e melhores mulheres, além de odiar o meu pai com mais intensidade. Volto a isso depois. Quanto mais as coisas dão certo na minha vida, mais e melhor os restos de remorso por odiar meu pai me controlam.

A música curto-circuita o percurso que a palavra necessita para afetar o corpo. Este livro, por isso: produzir exílios de tal curto-circuito, nomeando coisas que provocam contração em meu crânio.

Meu pai é um homem desagradável. Tem algumas virtudes. Sua hipocondria, por exemplo. Esse é o nosso campo de intersecção. O campo semântico-afetivo em comum. Falamos também sobre futebol. E só. Eu, também, um homem desagradável. Mas sei fingir, sei manejar farpas, sobretudo quando se trata de levar mulheres para a cama.

Sempre sem dinheiro, porque as mulheres. Mulheres demandam dinheiro. Sou uma decepção para mim mesmo quando me apaixono, o que duplica os meus barulhos intracrânio. E o que me faz odiar ainda mais meu pai. Dele provém o núcleo repugnante que mistura um afeto específico a uma boceta específica e a uma outra e a uma outra. Devo ser uma aberração mesmo, identifico as particularidades do cheiro das bocetas. Meu pai é um homem metonímico, e me passou isso nodulado à sua percepção permanente do apodrecimento do corpo.

Não creio que sofra do fígado. Infelizmente. Não bebo o suficiente para tanto. Muito mais livresco do que disponho a admitir. Muito menos livresco do que disposto a admitir. Desagradável, mas, como disse, posso fazer de mim o títere necessário a fim de fazer uma mulher sorrir. Não há de se temer homens como eu. Há de se temer os homens incorruptíveis, afinal, como todos sabem, deles são o Reino dos Céus. Para homens como eu, bastam bundas e peitos e o entre as pernas das mulheres. Poderia conversar com Deus e com o Diabo, entanto, isso não me interessa mais.

Tenho talento com as mulheres. Isso me faz desconfiar do que componho. Sonho com a eletroacústica das mulheres, o escuro molhado e os sons de que não me lembro depois, que me acordam, com ou sem polução, e dos quais não me recordo depois.

A última peça que compus se chama *Floresta de ossos*. Talvez ainda componha outra, que se chamará *Cinco fraturas para Ana. Anjos são mulheres que escolheram a noite* é a peça com a qual ganhei a Bienal de Música Contemporânea do Rio de Janeiro, em 2006. Queria muito saber que raio de coisa significa isso: *Anjos são mulheres que escolheram a noite*. Encontrei isso num poema e achei bonito. Geralmente acho bonitas as coisas que não entendo.

As mulheres, por exemplo. Tenho talento com elas, mas não as entendo. Mas tenho talento, dizem. Também digo, que se não pensasse isso, não perderia a merda do meu tempo com música e mulheres — ainda que o talento com estas me faça vacilar quanto a crer no talento com aquela.

Amo as mulheres. Odeio música. Meu chiste preferido. E estou lutando contra a mania terrível de orar, coordenadamente, enfiando ponto em tudo quanto é canto.

O pior de fazer tantos exames: a invasão do corpo. Tenho horror a máquinas chafurdando o interior do meu corpo, bisbilhotando as minhas vísceras, sem encontrar vestígios do câncer que está lá, desencadeado pelo Césio, mas redigido em minhas escrituras carnais — afinal, sou humano. E pedir a cura é uma oração que não farei. Sou um homem desagradável, o que não significa que não tenha uma ética.

De imediato, não sei se aquela história do Césio teve alguma repercussão em mim. Não teve. Ficou inscrita em traços, em microtraços, em nanotraços que, pouco a pouco, romperiam, rompem o sistema funcional das células do corpo e da alma. Alma é um efeito do corpo, de suas desdobras, de suas descontinuidades bioquímicas, elétricas, sonoras. Eletroacústica.

[Teologia eletroacústica, ou uma ética cancerígena]

Eletroacústica. Poderia conversar com Deus ou com o Diabo, mas isso não me interessa mais. Conheci, certa vez, um satanista. Queria ser meu amigo. Prefiro ser amigo de um evangélico do que de um satanista. Não há homem mais carregado de imperativos e de moral do que um satanista. E o pior é que não tomava banho. Eu também não tomo banho, por dias, às vezes. Não possuo, entretanto, aquele cheiro inerente aos homens de muita fé. O pior não era nem ele ser satanista, o pior é que ele escrevia uns poemas e compunha umas músicas e queria que eu lesse e escutasse essa porcaria toda. Detesto pessoas que escrevem uns poemas e compõem umas músicas.

Também não sou flor que se cheire, pois alguma fé me possui. Não há jeito, dentre as mulheres, algo em mim elegeu Ana como terra prometida para o que não tem lugar. Ana e o funcionamento cancerígeno de meus pensamentos e modos. O amor pelas destruições meticulosas. As pequenas violências. O gozo de alfinetes entrados na carne. Tudo isso conjugado ao horror, horror pelo câncer que confunde as operações inter entre celulares — nada de sete trombetas e de sete anjos, o que há é meu apocalipse pessoal, irrevogável. E o amor. E a música[2]. A adoração-temor por Apocalipses Universais possui a função de fazer esquecer que carregamos, cada qual, o seu apocalipse de bolso.

O câncer é o modo ortodoxo de o corpo morrer-se. Os outros modos são derivações, irradiações e versões. É isso a ortodoxia de nosso desaparecimento. Tudo começa assim

[2] Tudo é uma construção, mas mesmo assim dói.

e intransige assim: de um modo inesperado, ou nem tanto, as coisas do mundo começam com um não. Uma molécula diz não a outra molécula e a morte principia a destecer a colcha. Às vezes, tudo acontece como se fosse mágico, e a colcha reluz em azul, no quarto escuro, parece até uma cidade — Goiânia ou Bombaim, pouco importa — sobrevoada por olhos de criança Leide, que pela primeira vez vê uma cidade do alto. Mas nem esse consolo há: num breve tempo, as moléculas começam a dizer *não* de modo acelerado e a ciência ainda virá para explicar tudo, "não, é *poeira de césio*, não é uma cidade azul sobre a colcha". E então a mágica desaparece e resta apenas uma sequência interminável de nãos.

[Ana. O corpo]

A PARANOIA DESCOMUNAL, irradiada do corpo de Ana rumo ao que sou ou penso ser, é a defesa que tenho, é a coisa contra a onipresença de meus pensamentos cancerígenos, contra a interminável repetição de meus atos de verificá-lo (o câncer) presente por meio de se ausentar dos exames e da boca dos médicos. Aliás, não é bem assim, minha mania de Ana não é só reativa, é também constitutiva de minha decomposição.

No fim das contas, vou ao analista para descobrir o que sempre soube: o meu gosto por excessos, pela tinta negra da melancolia, pelo pesadelo azul de pensar na morte mesmo quando dentro de Ana, mesmo quando ela, eu, eu, ela, dissolvidos nas pequenas mortes do corpo[3], sabendo que tudo é corpo e fome e vento.

O corpo é audível, o corpo não precisa de entendimento, o corpo não procura nada, o corpo encontra o corpo, vive morre e nenhuma de nossas patologias metafísicas (que sejam religiões, que sejam ciências, que sejam paraísos artificiais de qualquer ordem, que sejam) pode afetá-lo a ponto de frear o seu sonho (dele corpo) de transformar suas estruturas em energia, gozo, angústia, implosão para fora, partes-entre-partes dizendo não e, com isso, gozando até a medula. Quando Ana engole, o milagre, nenhuma metafísica, nenhum de meus pensamentos cancerígenos, apenas a sensação crua do corpo em seu fluxo dissolução.

[Ars Eletronic]

SEMANAS SEM ESCREVER. Recebi há 17 dias a notícia que sempre esperei, sou o vencedor do Prêmio Ars Eletronic, categoria Digital Musics, com a composição eletroacústica *Floresta de ossos*. É uma espécie de Nobel da música eletroacústica. Tenho de preparar um discurso para a cerimônia, já tenho umas anotações, uns rascunhos[4], que escrevo desde que me ocorreu a ideia de que tinha porque tinha de ganhar o Ars para continuar a compor.

[3] A milenar diatribe com relação ao corpo advém do fato de que é ele o portador da morte (Kurtag Šarsezt, em *Noites no escritório*).
[4] Ver página 109.

Agora, no entanto, uma vontade esquisita de abandonar a música. Quase de morrer, essa vontade. É isso. Abandonar essa coisa de compositor. Por quê? Porque. Contei isso para minha mãe e ela — isso não é uma metáfora —, ela queria me internar numa clínica psiquiátrica.

Mesmo que abandone a composição, não deixarei o meu cargo de professor de música da universidade. O governo não se livrará de bancar este ser estranho que fala e faz coisas estranhas. Primeira parte do trabalho de escritor — sim, serei um escritor. Ler. Ler e tomar notas. E pensar sobre as notas tomadas. Tornar-me um leitor e prosseguir com essa autobiografia que tenho que escrever porque tenho que nomear umas coisas.

Tenho também que beber. Ainda estou comemorando o Ars Eletronic e a minha nova vida de escritor. O músico dormirá. Preciso construir meus demônios.

[Notações de leitura]

As células do corpo se escutam, umas às outras. ***Kurtag Šarsezt****, em Noites no escritório.*

Aceita essa chaga de nove aberturas que é o corpo, segundo o Bhagavad-Gita. A sabedoria? Sofrer dignamente a humilhação que nos infligem nossos nove buracos. ***Émile Cioran****, achei isso na internet.*

O senhor viu como não é fácil decifrar a escrita com os olhos; mas o nosso homem decifra com os seus ferimentos. ***Franz Kafka***, em *Na colônia penal.*

Azul. Provém do persa *läzwärd*, lápis-lazúli. Cor que, no espectro solar, ocupa a área entre o verde e o violeta. Cor que corresponde à sensação provocada na visão humana pela radiação monocromática, cujo comprimento de onda é da ordem de 455 a 492 nanômetros — uma sensação equivalente pode ser produzida por outros meios. Ainda: o firmamento; que tem essa cor (ex.: cidade azul); diz-se dessa cor: a cor azul acalma; muito assustado, muito perturbado (ex.: ficar azul). Azul de metileno: corante azul (C16H18ClN3S) usado como bactericida, antídoto contra envenenamento. Regionalismo: Brasil: tudo azul: tudo em ordem, em paz, às mil maravilhas. *Mistura de* ***Aurélio*** *e* ***Houaiss***.

[Efeitos de notação de leitura]

Passo agora a fazer de vez o que sempre fiz: construir meticulosamente os silêncios, cada um com gramatura, espessura, cheiro, líquen e arame próprios; cada um com sua chuva, sua curvatura, sua nódoa, sua opacidade, sua especularidade, sua ranhura e modo de dar notícias do copo de inferno que nos entranha.

Passo agora a ser o que sempre fui, corpo percorrendo o lento e próprio desaparecimento, sem fingir que esses meus silêncios forjados não portam rastros do osso duro fóssil semovente movendo os restos do sol.

QUANDO FUI PROFESSOR substituto na UnB, experimentei algo terrível: morar em Brasília. Morar em Brasília é morar no sonho dodecafônico de um arquiteto.

Sempre sonhei muito, mas nunca da forma massiva como quando morei ali. Brasília é uma escultura, uma escultura em homenagem aos mortos, sim, em homenagem, imagino, aos mortos de Goiânia-setembro-1987 (Niemeyer é mesmo um homem à frente do seu tempo, antecipou Goiânia 1987, Chernobyl e outras desgraças em sua arquitetura).

Eu, em Brasília, sonhando com cadáveres de crianças evisceradas, um cão sorrindo e levando flores, um não, cães levando flores e bonecas e semeando com os olhos o horror da compaixão, e esses sonhos têm cheiro e têm carne e têm ossatura e têm o peso de coisas contingentes e indestrutíveis.

Sou uma máquina de morrer, uma máquina perceptiva com as antenas permanentemente escutando os ruídos do câncer, propriedade fundamental do corpo, mas que, no meu caso, teve seu processo acelerado por viver nessa cidade no ano em que a ira de Deus nos sorriu. Sou uma máquina de pensar. Uma máquina é uma construção, mas mesmo assim dói. Pensar dói. Basta pensar e a morte já está no corpo.

É possível que me compreendam, desde que possuam uma linguagem e um corpo, que compreendam o que sinto quando penso ou sonho ou lembro coisas do acidente, sobretudo Leide e a experiência estética das pessoas com o azul da morte. Talvez só seja possível que me compreendam intelectualmente. Mas é uma coisa que o corpo sabe: os excessos. O homem é atração pelo excesso, e o amor é o mais delicado dos nossos excessos, é a pinça com a qual degustamos as vísceras do outro.

Na mesma noite em que a conheci de novo, sim conheci Ana diversas vezes, enquanto tomávamos chope no Glória, e depois na mesma noite, e em sentido bíblico, no Motel Sansão e Dalila[5].

Criança, conheci Ana pela primeira vez. Ela morava numa rua perpendicular à minha. Eu na rua 1008, ela na 1001. Brincávamos, ela era anônima, porém. Olhos castanhos, mirrada, opaca e transparente. Tinha me esquecido até do nome. Lembrei-me depois, lembrança grafada em mil ruídos. Ela me reconheceu no Glória, tomamos cerveja, conversamos, e depois veio o Sansão e Dalila, e depois toda a construção conjunta de um inferno, um inferno cuja lenta e terrível construção nem Gaudí teria saco para articular e meticular. Um inferno capaz de inflamar toda uma vida. Um inferno é a caixa de força que temos no corpo. O que nos faz viver e morrer — de câncer, sempre de câncer.

No caminho, entre o Glória e o motel, ela abriu meu zíper e meus neurônios. Ruas, sinaleiros, entropia. Até meu corpo ficar febril. Preciso de febres. Vivemos de traições. E as traições provocam o inferno. Preciso de infernos. Ela precisa de infernos. Amar é dar ao outro o próprio inferno.

[5] Sim, aqueles que conhecem a cidade de Goiânia sabem, há um motel que se chama Sansão e Dalila. Sabem também que há em Goiânia o legendário viaduto Latif Sebba que, construído em Sydney, foi transportado até Goiânia, sendo utilizadas técnicas que, admito, não compreendo. O certo é que, desde 1990, Goiânia é mundialmente conhecida pelo monumental viaduto Latif Sebba. E relativamente conhecida pelo Motel Sansão e Dalila.

[A Jacques Lacan, discípulo de Georges Bataille]

Escuridão úmida. Sonho com escuridões úmidas, como se meus ouvidos escutassem a sonoridade de vísceras fêmeas. Sonho sem imagens, só a escuridão e a umidade e os sons, e acordo suado e com o corpo dolorido e, vez ou outra, sentindo a pregnância do esperma. Um certo constrangimento quando ocorrem poluções noturnas, jorros potentes, como se almas saíssem pelo pau. Corpo dolorido e cansado. E, então, uma vontade inferna de trepar, e Ana não sei onde, e ligo para Camila, e digo que a amo, e que abandonarei Ana, e sou convincente para ouvidos de Camila dispostos a acreditar em amor, para driblar sua moral, e fazê-la abrir as pernas e abrir a bunda e deixar o cu invadido, preenchido por uma imensa dor que lhe convulsiona o corpo. Camila geme, morde a mão até sangrar, "você pode fazer comigo o que você quiser", diz enquanto eu entro e saio com violência, com ódio, e penso no câncer que certamente está a putrefar-nos, a foder-nos os dois cu-adentro, um cão cu-adentro, lambendo nossas vísceras antes de mordiscá-las, mordiscando-as antes de mordê-las, mordendo-as antes de engoli-las, engolindo-as antes de vomitá-las. E pensar nisso, e imaginar isso, e sentir isso enquanto fodo Camila e o câncer sodomiza a humanidade inteira e me faz gozar com todo o corpo, algo como morrer, ou nascer, algo como reduzir o que se é a uma quota colossal de eletricidade explodindo um mundo.

Levanto-me, vou à cozinha, chacoalho a térmica azul. Ainda um pouco de café, nem frio nem quente, como costumam ser as coisas nem muito novas nem muito antigas da memória. Entre os pensamentos, a frase ouvida sei lá onde — "todos os casais se merecem" — ressoa numa voz neutra.

Torvelinho. Ana Pai Césio Música[6], no centro.

O pai, louco, santo, terrorista das pequenas coisas, doente, o pai e seu corpo, suas caixas de remédios. Penso. Deitado no sofá de courano azul-escuro, cheio de pequenas ranhuras e rachaduras aqui e ali. Penso. Sons de trepadas, gemidos descompassados e, de dentro para dentro, a carne molhada que se mistura a pensamentos cancerígenos.

[A Salomão, o rei]

FAZER MORRER O QUE JÁ É MORTO. Desde já somos pó. Pó que pulsa. Quando componho, componho a partir de uma noite sonora instalada em meu psiquismo e em meu corpo. Por noite, entenda-se uma escuridão incomunicável. Meu trabalho consiste em metamorfosear essa noite em dia, ou seja, em um arremedo dessa noite incomunicável. Sempre se perde algo no processo, o que de melhor há na pedra, não se realiza na escultura sonora. Sem o trabalho que faço, essa noite é coisa morta. Ao traduzi-la na linguagem da luz, mato-a uma outra vez, e os que escutam a noite formalizada por mim, matam-na ainda uma outra vez. Uma composição é uma sucessão de mortes condensadas, ou ainda, uma personificação não figurativa da Morte. Componho gramáticas que incluem o corte, o rasgo, o caos — gramáticas da destruição.

[6] Camila fibrilando leve nos intervalos.

HÁ SEM DÚVIDA UM CANSAÇO. Respirar mesmo, cansa. E essa coisa toda de pensar o sentido, a relação, as relações. E as coisas, a vida, um monte de buracos. Penso em que merda de coisa sou eu, em que merda de coisa é o mundo. Eu e o mundo: pronominar o que não é pronominável. Tive de tomar distância. Eu não a suporto, e não suporto ficar longe dela, Ana. Tive de tomar e manter, tenho de tomar e manter distância, sem sair de perto, eis o manejo preciso — impreciso. Os mesmos ares, os ares mesmos, cheios de oxigênio infiltrado infiltrando-se em nossas pequenas celas, células matando o corpo no que lhe dá o com o que viver.

É preciso, não possível, porém, a distância física. É preciso, ainda, enfrentar fantasmas que substituam o fantasma perceptivo, ela me entrando olhos boca nariz poros, e eu a adentrando, e um silêncio pequeno e eu dentro, e toda ela esse emaranhamento de ciclovias desejantes, o desejo a pé, lento, querendo o contrário de si próprio.

Ana, um dos nomes de minha doença, tão minha que parece nada ter a ver comigo, com meu nome, com minha carne. Evidente que terei de voltar. Voltar sem ter ido. Não posso fugir. É pior. Sofrer, sofrê-la é, será inevitável. Queria me livrar disso, amor. Toda culpa e toda violência advêm de que não nos livramos de amar algo alguém, ainda que utilizemos outros nomes que eufemizem o amor. Tudo porque tem o corpo, acho. Sem o corpo, poderíamos não ser cavalgados pelos afetos. Tudo seria luz clara cristal, e não haveria dor e haveria apenas o silêncio líquido injetado no centro de uma rocha compacta (nessa hipótese ideal, seríamos um minério), apenas isso haveria, silêncio líquido liberando-se numa lentidão lentamente distribuindo morte ao que já é morto.

Deixar o eixo, ensolarar-me do caule mecânico e invertebrado. Nenhuma medida cautelar no horizonte de eventos. Evaporar rumo ao chão, e enrolar o vento com o grão mais consistente do meu pensamento.

O medo de palavras, dos sons delas. Amo-a sim, amo a sua bunda. Não me interesso pelo silêncio dela. O nome é indiferente. Tenho medo. Sou um homem letrado em escrínio: fecho e calculo e vertebro o som das coisas, e enfeixo os riscos no risco preciso de uma régua mental que me orienta para o número certo de passos e por que rua.

Ana vive nessa cidade (sempre escuto necessidade, Freud explica é o caralho) e não tem olhos azuis. Por ela, morro sempre que posso. E é isso que ela entende pouco: "o sempre que posso." Um dia serei de outra cor, Ana. Serei mouro e terei a musculatura cerebral dos diabos quando sonham.

Musculatura dos diabos quando sonham: o amor é um sintoma que pode dar certo enquanto dá certo mesmo dando errado. "O amor é a forma mais difícil do egoísmo", me diz Ana.

E penso no amor por essa cidade que tem pouco a ver comigo. Mas nasci nela, nessa cidade de história historieta, mambembe. Mais de um milhão de habitantes e a cidade morta e viva. Cidade-mãe, que me prende por meu gostar pouco dela, por amá-la por comodidade, por ter berço na linguagem: nasci lá. Respiro a um passo da origem, a um passo da morte. Mania besta de equidistâncias.

Um homem precisa ter com o que morrer. Eu morro com o amor, sempre que posso. Sempre que me entojo da pedagogia de estar só, sempre que rasgo o espelho que palavras de mãe enrolaram em meus olhos dela.

Eu era, sou um homem cheio de nós. Quando descalço, criança. Agora tenho pés vestidos e me interesso por mulher com ou sem roupa. Pela água ardente das palavras da religião da ciência da filosofia do silêncio. Certa vez engasguei, mãe se assustou assustada martelou-me as costas. Mãe tinha, tem palavras oraculares, orações deusolares que me diziam, dizem, e me vivem, dando-me o que pensar e morrer.

Essa história é bio*gráfica*, é escrita do que vive e morre e goza e sustenta o Felipe que se endereça à Ana, sempre em pedaços. Essa história é o relato fiel dos meus passos, do calor que sinto nessa cidade de sol sólido imperativo, calor que respiro à noite, noitear ainda com a gravidade solar irradiando dos corpos que estiveram pelo centro tão imundo e belo dessa cidade sem sal nem mar, antibarroca, sonolenta acordada, pois não se dorme com esse sol em expansão instalado no cheiro de urina que exala das praças, todas, mesmo as belas praças de maquiagem flor maquiando a sonoridade solar de misérias carregadas no bolso de cada um, aquele que carrega miséria sendo-a. Esta cidade: o vento liquefeito de calor demoníaco tão bom, perturbando até o som dos sonhos mais distantes do que nessa cidade é passo-preto aberto morto. Essa cidade e suas avenidas de anjos que não escolheram o azul como nome próprio.

Brigamos. E o pior, foi bem no dia em que morreu um amigo meu e todas as palavras ensandeceram — algo entre a loucura e a sedição das palavras[7].

É assim: nada acontece, e então, o nada acontecendo, sem parar, desencadeia algo e começam nossas brigas e nossas brigas instalam, constroem, despertam, agulham, entesouram nós destituídos da primeira pessoa, da segunda e até da terceira, no plural e no singular.

Meus infernos não são negociáveis. Eu bem que tento adoecer, ficar sozinho, só que há as brigas, e eu adoro brigas sem desfecho, nenhuma molécula do meu corpo é fã de dialética, cada eixo de mim sonha com um silêncio virado para um lado diverso do silêncio anterior. Entropia *opositorum* (sim, eu também escutei supositório no meio disso), bobagens que não param de formar sons em mim. Tenho medo das homofonias, tenho medo das sinfonias — adoro disco arranhado, entretanto.

Não existe metalinguagem. Só existe metalinguagem. É. Tento me libertar do "é" como mecanismo de composição, tento me livrar das equivalências possíveis ou não. Comparo Ana à mulher que me sonha, à mulher de lábios azuis solares, comparo Ana ao meu deserto da infância.

— Deus não quer mais saber deste mundo — diz Ana —, apenas dedilhou o início e foi-se, procurar nada com o que fazer, são assim os deuses, tão éticos quanto uma pilha de tijolos.

Ana é assim: assim.

[7] E Saussure foi para o brejo, não havia diferença relacional entre um significante e o conjunto de significantes de uma língua, e som e sentido viraram uma coisa só — como tudo o que vive e se repete debaixo do sol.

— Tenho necessidade de dormir dez, doze horas por dia — diz ela, com seu olhar expansivo concentrado em torno de um centro imóvel e eterno quanto a coisa-tempo manufaturando lugares, incorporando bolores, refazendo os mares.

Bebo pouco, em minha opinião, pelo menos[8]. Bebo pouco e, o pior, fico bêbado com o pouco, fico bêbado até sem beber, fico bêbado com ou sem Ana. Amo-a[9], mas continuaria a vida sem Ana, existem Letes transmitológicos, de carne e eletricidade, existem as geologias de manhãs que nem sei. Ana não é o único mistério.

Noutro dia, há pouco, então, tomei café, sonolento, num boteco, assim, embasbacado, sem rumo, sem rumo mesmo, não no rumo errado, parado, sem errância, sujeito adaptado à imobilidade. Tirei um charuto do bolso. Outra vez quis aprender a fumar charuto, mas não dá, é uma porcaria, em algum lugar de mim, deve ser nos papiros genéticos, está inscrito o oráculo: este homem não irá fumar charutos. Ana me despreza por isso, porque não fumo charutos, porque ela fuma charutos mais do que um oráculo oracula. Ana fuma charutos e outras coisas. Eu só fumo outras coisas. Ana é porta trejeitos de personagem de cinema. Não é tão bela, ela tem é um jeito de olhar que é o caralho. Ana é assim, vou dizer, eu mesmo não entendo, Ana não gosta de sorvete, gosta do Pernalonga e do Lars von Trier. Minto: gosta de qualquer coisa do Pernalonga, e gosta da cena do elefante em *O grande chefe*. Gosta de ouvir Demônios da Garoa e dos filmes do Christoffer Boe.

[8] Estando no bar Glória, em Goiânia, deve-se abrir o cardápio das cachaças e, então, aprende-se que "a realidade é apenas uma perturbação temporária causada pela ausência de álcool".

[9] Se eu escrever *amo* ela, ela, Ana, me mata, mesmo, pois tem o bom gosto das mulheres loucas.

Quanto a mim, não sei nadar, não sei andar de bicicleta, não sei dançar, e o único instrumento que toco é o meu, piano. Segundo Ana, sou católico apostólico romano e um pouco muçulmano. É, é sim, Ana diz que eu tenho nariz de árabe. Ou será indiano, vietnamita, paraguaio, não me lembro bem.

Bom mesmo é estar em Ana, se é que me faço entender. Cartografo Ana, mapeio até o que em Ana não é Ana — é o estilo de minha paranoia, ando pelas ruas sendo um mapa-ambulante do território-Ana. Confesso que, na verdade, tenho bebido mais do que o costume. Costume é um disfarce da palavra vício, tenho costume de beber (pouco, como já disse), de colecionar parafuso, de entrar em parafuso e de sair.

Eu e meu hábito de nunca estar só. No boteco, 6h da manhã. Dei para levantar às 5:30h dia sim, dia não. Gosto de boteco, boteco me lembra o mundo antes de Ana, então que boteco, quanto mais xexelento melhor, então que boteco me faz sentir Ana ausente, porém Ana está, estará presente mais tarde em. Ana é antípoda de boteco-boteco, o máximo que ela tolera é boteco-meio-não-boteco, Ana gosta das coisas pela metade, das inconclusões, já eu quero tudo concluído começado terminado, sim, gosto de fim, do fim, e da vida, transeunte que é, coisa flanando até os confins do tempo espaço despedaçando caindo em cima ou embaixo de Deus.

Certa vez sonhei com Deus, e ele era feio e tinha olhos cifrados e que produziam cifras dentro de cifras, um ciframento infinito, até atingir um ponto maciço de ciframento que equivaleria ao terror de um deciframento absoluto e a dentes caninos muito afiados, eu disse para o analista "ué, a coisa é absurda, sim, é mesmo, mas o que importa mesmo é que Deus estava lá no meu sonho, num boteco onde eu pensava em Ana, até em boteco em sonho ando pensando em Ana".

Eu amava, amo, sim, a pinta na nuca de Ana[10]. Então, Ana fez cirurgia, tirou a pinta da nuca. Gostava muito da pinta na nuca e por isso eu disse "não tira não, câncer é só uma possibilidade, não é?, não foi isso o que o médico disse?, fica esperando como o médico disse e se a pinta se alterar, aí sim, você pergunta pra ele como que faz, cirurgia só no último caso, né?: o médico que disse". Amar uma pinta não faz sentido, certo. Porém, dar sentido a tudo, esse é o ponto mais perigoso: Ana ser o sentido de tudo.

E Ana terminou comigo, pelo menos por uns dias, é um dos nossos esportes favoritos. Estivesse aqui, todo o tempo, e eu nem saberia se a amo, mas Ana vai embora e retorna e agora eu a amo para sempre. Para sempre mesmo, humano ou desumano, o sempre que cabe na palavra sempre, talvez, talvez eu devesse me matar, qualquer coisa assim, mas não me matarei, que não faz o meu gênero, que também não faz o meu gênero ficar me lamuriando, mas estou lamuriando, eu sei.

Amor tem que fazer bem, dizem, um monte de gente, mas a questão não é amor, isso não tem lá grande importância para mim, ainda que tenha alguma. A questão[11]. As questões. Pinta na nuca, voz-rouca-não-rouca, branca, ela

[10] Fetichista é o caralho!

[11] Esta região do texto, iniciada com o parágrafo da pinta na nuca, tem tudo a ver com o que Lacan chamou de objeto a. Ler a *História do olho*, de Georges Bataille, se quiser se informar, divertidamente, sobre essa história de objeto a, ou sobre o que se passa com Felipe Werle.

branca demais em mim, olhar contraído em expansão me olhando enquanto eu mando ela ir à merda, antes ou depois ou durante.

Troco de canal e merda de TV com suas merdas que prendem e soltam minha atenção, os comerciais, não gosto dos comerciais, mas gosto de comprar, comprar coisas, comprar, só pelo ato. Comprar, uma satisfação imensa em ter a coisa, com "c" minúsculo uma vez que a Coisa com "C" maiúsculo vai se saber o que é. Que me livre achá-la. Se não é que A achei, se é que não é o corpo portador da pinta na nuca, não mais lá, o corpo anamórfico produzindo dobraduras nos orifícios do tempo. Que me livre. Foda isso, o liquidificador de imagens: coxas, brancas coxas brancas, pinta na nuca, caminhos, o que Deus quer.

O que Deus quer Ana também quer. Nada. Qualquer coisa. Só tudo, enfim. Quer que eu fique sempre perto dela. E, quando perto dela, diz que estou muito perto dela, e, quando não perto dela, diz que eu deveria estar dentro dela e eu mando ela ir à merda, e a merda é que aí a gente transa. Diabo de pinta na nuca. Diabo de corpo, branco, muito branco. É o meu fraco, pinta na nuca e corpo branco, muito branco.

Troco de canal o tempo todo, troco de livro, de bermuda, só para não pensar na pinta na nuca e no corpo branco, muito branco, anamórfico. Meu pensamento anamórfico, sinapses anamórficas, anamorficamente liberando doses cavalares de adrenalina e sei lá mais que merda. Sim, a merda, mando ela ir à merda, daí, quando percebo: corpo branco, muito branco, e a pinta na nuca. Que não estando mais lá, obviamente, está ainda mais lá.

Um certo prazer no exílio. Dar no pé, dar ao pé o prazer da distância. Desaparecer, por um tempo, talvez por todo o tempo. Colocar pingo nos is. Talvez escreva sobre isso, o diário de uma mulher sem mundo, o diário de palavras sem um eu no comando. Bobagem. Ana cansada de ser Ana. Só isso. E também por que está traindo ele (ele sou eu, já expliquei isso) e gostando de fazer isso e confusa por não estar confusa, por não sentir culpa nenhuma. Nenhuma: só o prazer de errar. O que Deus quer? Ana também quer. Eu e minhas paráfrases profundas como parari-parará.

O telefone numa das mãos, a xícara de café na outra, sem ligar para ninguém, olhar grudado na parede creme. Ela bebe café para dormir melhor, eu porque sei que sou insone crônico, com ou sem café. Com ou sem café minha cabeça dói, mas não uma dor qualquer: acupuntura de verdugo chinês, dor de agulhas inseridas na carne do cérebro. Com ou sem café, ele pensa, o tempo todo, pensa que Ana, sim, a voz dela sempre é estranha, rouca e não rouca de uma vez só. Há muito tempo que essa questão que pega deixou de se chamar amor, apenas. A questão é: milidecalitros de libido derramados naquela voz rouca não rouca que entra pelos ouvidos remexendo as vísceras, deslocando-as, tão arrumados os pensamentos até o desarranjo chamado Ana[12].

Ana acorda, hoje. Ela sempre está *em hoje*. Não irá para a Sibéria, mas irá para longe. Ela e sua bendita maldita herança. Talvez vá para a Sibéria. Talvez vá para lugar nenhum. 12:30h, um gosto amargo, restos de noite maldormida. O problema é que não há mais os trabalhos forçados na Sibéria, para preencher o tempo. Dinheiro é tempo. Sua bendita maldita herança lhe dá muitas escolhas, ela precisa é de trabalho forçado, menos escolhas do que fazer com o

[12] Engraçado haver anjo em desarranjo, né?— disse Ana, certa vez.

tempo. Uma agência de viagens. Eles devem informar isso. Deve haver, ao menos, uma temporada de trabalhos forçados na Sibéria, coisa para turista, é claro. Melhor que nada. O pior é que o ócio é bom. Oficina do diabo, sexo, Felipe sua mãe é uma chata mesmo, Sibéria, sexo, sexo, com Felipe ou sem, morte, da mãe dele, suicidar ela, distância, dar um tempo, dar um tempo da vida é que devia ser possível.

Só que o bom mesmo é não ter esperança. Ana e suas frases. Frases e cabelos, lisos e soltos, como os das mulheres de propaganda de xampu. Ela costuma me dizer que tenho ouvidos barrocos[13], que entorto as palavras, um tipo de surdez sofisticada e um tanto chata. Ana também é chata. E, quando chata, mais, bem mais, bonita, gostosa, mais. Digo a Ana que suas frases são profundas como uma xícara de café — e ela sabe que se trata de um elogio.

A cidade é uma roupa. Não é fácil vestir certas roupas. É uma cidade onde Deus não está morto, Deus não está morto nesta cidade, mas esse não é o pior defeito. O pior defeito é não ter mar. Mal posso esperar o Apocalipse de Antônio Conselheiro.

Apesar de se autoadjetivar sendo, Ana não é burra — não é burra até de mais. Talvez por isso ela sonhe tanto com a Sibéria. Por que a Sibéria? Sei lá. E como você sabe que é a Sibéria? Não há um *como é que eu sei*, é a Sibéria. Ana tem pernas substantivas, e olhos de um setembro nesta cidade, nesta cidade, para mim, para sempre, cidade-setembro.

[13] É com a expressão "não barrocas" que defino as ruas de Goiânia.

PRODUZIR O *VAZIO MEDIADOR*. Deve haver vários caminhos. Tenta-se o áspero jogo da prosa. Estou a caminho, e outro nome para o *vazio mediador* é pedra, *o caminho constrói a pedra*. Que a literatura se organize em torno dos vazios do homem. Retroativamente, a literatura constrói o vazio que já estava lá, desde sempre — o sempre humano, é claro. Produzir o *vazio mediador*, fazer o cérebro pulsar, bombear o sangue do corpo, produzir um coração sináptico, cabelos sinápticos, joelhos sinápticos. Produzir o vazio mediador, esse é o propósito da escrita, ao menos para mim. Essa poética da escrita[14] é só minha e ninguém tasca. Não aconselho ninguém a segui-la.

Mas não há vazio mediador para lidar com Ana, ou Ana é o meu próprio vazio mediador. Uma guerra constante que constrói o que chamamos de amor. Sempre brigando por nada. É só estarmos perto. O velho clichê dos corpos que se dizem sim na violência. São várias as modalidades da violência, e as gradações. Somos, eu e ela, especialistas nas pequenas violências, aquelas que fornecem pequenas parcelas à evolução do câncer de cada um de nós, humanos. Como diz o ditado popular: há um inferno inteirinho na palavra amor.

Que o texto frequente os vazios do leitor e tenha seus vazios frequentados pelos vazios do leitor. Por isso, pretendo um romance que seja um *vazio mediador*. Pré-tender não é pecado, diria até que é impossível não haver pré-tensão para algum rumo, ou para todos.

[14] Você mal abandonou a música e já tem uma poética da escrita! — exclamou, exclama, ou exclamará Ana.

Sim, mas eu falava de nós, eu e Ana.

Sim, antes da palavra enlaçada à outra, só o que existe é esse *gato preto numa sala escura, que nem lá está*, ou seja, a coisa que antecede a palavra sucedendo-a, movendo-a ao avesso, a coisa que resmunga e rumoreja escuros e maçãs emborrachadas em meus lábios, não são musas não, musa só tenho uma mesmo, e ela não rumoreja não. Além do gato preto, há acontecimentos imprevistos. Ana, para mim. O azul, para a cidade — a cidade está em mim como a água está nas nuvens.

Não quero fotografar o silêncio, quero rasurá-lo. É metabiográfico mesmo, então vamos sem enrolar. Primeiro, pensava em colocar essa introdução no fim. Pensava. Sou muito organizado para assimilar uma introdução no fim. E, por último, não sou bom mesmo em fazer introdução no fim.

A cidade. Sim, uma cartografia decalcada de um vento rigorosamente calculado, no princípio. O caos, que nunca é caos pleno, assim como o máximo rigor lógico não é pleno, o caos, querendo-se ou não, já estava lá, no cálculo início. Caos não se opõe a criação — Goiânia rizoma-se, a despeito da projeção daqueles que a projetaram.

Querendo ou não, há o *se*, uma certa impessoalidade vaporosa, gotículas orgânicas escorrendo das equações, umidade na luz e fóssil de sóis na noite. Em Goiânia, 1984 é 1987, e Orwell nenhum não anteviu a exata sonata de vísceras azuis da cidade.

Quando fora de Goiânia, o espectro azul da cidade fica mais nítido. Tenho conversado com pessoas de Goiânia sobre o Acidente do Césio e, em meio às rasuras mnemônicas, ressoa, pontiagudo, o medo de que o ruído azul *caesium* esteja ainda mordiscando as vísceras da cidade, isto é, das pessoas.

Quando soube que a cidade estava infestada de azul invisível, eu tinha 12 anos, fizera 12 anos no dia 12 de setembro, e a cápsula de Césio foi roubada no dia 13. Quatorze anos depois, 11 de setembro ficaria marcado pelo horror de um real que ultrapassa mil vezes qualquer mecanismo de representação. De modo que meu aniversário está entre o 11 e o 13 de setembro, duas datas em que a morte mostrou o seu rosto de dois modos diferentes. O 11 de setembro é in-recalcável, enquanto o 13 permanece inscrito como azul invisível na consciência da cidade que, como naqueles desenhos animados, assovia ou cantarola uma música ridícula qualquer, como se não soubesse de nada.

[Vazios sem mediação]

É MESMO ESTRANHO, mas daqui a pouco o corpo da menina chegará. Tal acontecimento ficará na cidade como um nódulo duro, que se expandirá como se expande o universo, em movimentos velozes e imperceptíveis a olhos nus e humanos. Ficará, ficou, está no inconsciente da cidade, e o inconsciente está no intervalo entre a percepção e a consciência. Inconsciente, assim: algo que se sabe, que muitos sabem, mas como se não dissesse respeito a nenhum morador daqui. Como se fosse Chernobyl e, porra, o que temos nós com Chernobyl? Sim, somos humanos, os ucranianos também são humanos, certo, mas e daí? A cidade tem seu fluxo, seus estratos móveis, sua estrutura modulada pelo funcionamento bio-psi-químico-físico-social, ruas infectadas de carros e motos barulhentas, e a política do mínimo ao macro, a política dos olhos daquele rapaz ali tentando enredar a moça que empresta curvilíneo conteúdo ao jeans de cós baixo apertado, a blusa de um pano leve acompanhando a conformação estrutural do corpo, e a cidade em volta e no meio e entre os olhos do rapaz ali e da moça ali que finge desaperceber o olhar do rapaz, antropofágico — e a cidade, autofágica, lambendo suas feridas, o corpo esvaziado da menina irradiando ali o pior dos horrores, o dos fantasmas sempre presentes por meio de ausências, por meio do silêncio das portas enferrujadas que, por sabe-se lá como, não emitem qualquer barulho de suas dobradiças.

Sobretudo se é setembro outubro de 1987. O Hospital Radiológico da cidade desativado. Entre escombros ou semiescombros, a cápsula de Césio 137 lá *guardada*. Ferrovelheiros andam nos arredores. A miséria é uma desgraça. Ser ferrovelheiro é uma desgraça. Ser ninguém é uma desgraça:

— Que perigo o quê. Foda-se, porra. Perigoso é eu ficar no caralho dessa vida do caralho. Catando merda. Vendendo merda. Fodido demais da conta.

Goiânia é uma espécie de tumor, dela irradiam muitas outras cidades, e seus limites se tornam cada vez mais móveis, e a cidade vai se abrindo, híbrida, multiforme, cada vez mais feia, cada vez mais eficaz na captura do afeto daqueles que a respiram. O ar quase sempre muito seco, em julho, agosto, setembro, outubro, quase a mesma sequidão do Atacama. Agosto setembro outubro é, de fato, aconselhável, para quem puder, deixar Goiânia, ir para o Atacama.

Ah, sim, as praças, Goiânia tem muitas praças. E as praças têm flores. A obsessão por flores desde que um prefeito quis tirar Goiânia de sua desidentidade: A CIDADE DAS FLORES. Entanto, Goiânia não é cidade das flores, Goiânia não é. Basta olhá-la lá da curva a-lá-goiânia, na BR-153, e já se vê: um rizoma concentrado, um rizominha, um rizomúnculo. Entra-se na cidade e: um rizoma um tanto quanto organizado, um inferno de motos, motos à direita esquerda, na diagonal vertical: motos. E carros, muitos carros importados, poucos carros muito velhos — olhando-se unicamente para os carros, excluindo todo o resto, pensa-se estar em Viena.

A cidade de Goiânia está no chamado coração do Brasil, ou cu do mundo, ou cu do coração do mundo, ou coração do cu do mundo[15] — que ótimas metáforas para essência, não? Em torno, outras cidades, microalgumas. Vista de fora, para quem se aproxima, a cidade já se mostra como é: desidêntica a si mesma, sem caráter, um estilo sem estilo — macunaímica, digo, para provar que abracei mesmo a literatura em minha vida. Uma cidade pequena e grande, células sutilmente, muito sutilmente tendendo a um futuro, a um longínquo futuro cosmopolita, agora é uma cidade em caracol dobrada para dentro de seu dentro tão externo, mosaico de interiores de outras cidades também entulhadas de interiores de outras cidades.

Vive-se assim, aos fragmentos. É assim agora, era assim naquele 13 de setembro de 1987 (eu havia feito 12 anos, um dia antes, 12 de setembro, como já disse, meu aniversário está entre a data de duas grandes tragédias, o 11 de

[15] Mais uma vez: *História do olho*, Bataille.

setembro, a tragédia a tragédia na cosmópole, e o 13 de setembro, data da tragédia recalcada no lugarzinho mesmo de seu acontecimento), quando um homem descobriu a mini-imensa cápsula. Encapsulada, a morte em pó e com outro nome: Césio 137. Mas naquele tempo, no tempo do homem descobrindo a morte encapsulada, a cidade de Goiânia estava do mesmo modo que agora, enquanto escrevo e corro atrás de alguma composição que permita circunscrever esse acontecimento que, de pouco em pouco, foi sendo recalcado, encapsulado ou sei lá que nome dar a isso. Pouco a pouco, os fantasmas de 1987 tiveram seus nomes rasurados da memória desta província Goiânia, onde nasci sem compreender por que, cidade sem qualidades que, naquele 13 de setembro, se tornou cidade-caesius, cidade marcada por um azul irrevogável. Hoje é segunda-feira, 13 de novembro de 2006. Amanhã será a missa de sétimo dia do meu irmão. Morreu de câncer. Caesius. Meu irmão estava por aí e, assim como eu, assim como toda esta cidade que há muito tempo não se lembrava do acontecimento sodoma-gomorreico que mordeu as vísceras de Goiânia, enlouquecendo as pessoas, como se o Apocalipse começasse por aqui, quando, em verdade, o Apocalipse fervilha a toda hora em todo e qualquer canto. Rosa diria: o Apocalipse é dentro do homem.

E se tivesse nascido na Idade Média ou a.C., teria sido assim também. Está inscrito nos palimpsestos do meu DNA — coisa boa, isso de poder falar em DNA, praticar exercícios de mistificação autenticados pela Ciência[16]. Aliás, a

[16] Não falamos mais em destino, agora falamos em DNA — bela herança do iluminismo.

escrita do meu DNA é de quinta categoria, coisa de escritor provinciano mesmo. A escrita do meu DNA me põe a ficar girando em torno da porra de Deus, de sua existência ou de sua inexistência; pior, crianção ainda, eu lá, lendo e treslendo, pensando e repensando sobre a autenticidade ou não do Antigo Testamento, tido como sopro divino no ouvido (ou sabe-se lá onde) desses títeres, os profetas. E a coisa piorou com a porra azul que explodiu em Goiânia.

Quem olha dentro a cidade, quem caminha por sob seu sol modorrento, por suas ruas tão de qualquer lugar, por seus setores, por seu planejamento, por seu desplanejamento, ou quem vê a cidade da curva a-lá-goiânia, BR-153, quem vê a cidade tão despojada de qualquer mistério, de qualquer coisa-pra-turista-ver, quem vê não imagina o que foi setembro outubro de 1987. E depois novembro e dezembro e 1988 e 1989 e 1990 etc. e eu imerso na imagem da mão queimada da menina de 6 anos rodeada de bonecas, um delicado filme de horror, poema concreto laminar, pois que morde pelo lado de dentro e arrepia os mortos, caso seja propriedade dos mortos arrepiarem-se.

Vive-se aos fragmentos. E não se pode mesmo falar de Apocalipse nenhum. Apesar que se fala sempre:

— Apocalipse nenhum não. É mágica, só que é verdade. E a gente pode ficar rico com isso. Imagina um carro todo esfregado disso azul brilhante. Quanto vale, vai valer ninguém nem sabe. Vai ficar tudo em ordem, vai ficar tudo em paz, às mil maravilhas.

Leide das Neves na Cidade das Maravilhas.

Às mil maravilhas, as mil partículas de farinha entre dentinhos, olhando para o pai que não para de falar, ela, nos seus longos 6 anos nunca que viu o pai falar daquele jeito, e ela olha o pai enquanto suas moléculas começam a dizer não umas às outras e ela nem imagina, e ela olha a mãe que parece nem ouvir o pai, o que ele diz, pois a mãe fala junto, ao mesmo tempo, um tanto desconfiada, ralha com a menina, manda lavar "essa mão, não põe na boca", coisas assim que mãe fala numa noite qualquer, sob a lâmpada de 40 watts dando à parede aqui e ali esburacada um tom um tanto distorcido, a lâmpada de 40 watts maliluminando e amarelando a atmosfera, alterando-lhe a densidade, da atmosfera e do tempo, alterando a cor da mãozinha já alterada pelo amarelo-gema enfarinhado e pelo azul que não se vê insuflando as moléculas a dizer seus nãos inaudíveis.

— Essa mão, não põe na boca. Mas agora eu já pus. Então lava, e não põe de novo. Nem depois que lavar? Não põe de novo sujo desse troço, nem de troço algum.

É justamente esse troço que, quase duas semanas depois, insufla essas quase duas mil pessoas, inflamando-lhes até os cabelos de sentimentos sem nome, angústia branca como o miolo de uma barata. Uma barata não, com esse troço morre não, as baratas resistem a isso daí, se tiver uma guerra com bomba disso, se uma guerra mundial disso, as baratas sobram, os homens somem, as baratas sobram, as baratas resistem a isso que os homens não resistem, elas aquela massa branca dentro delas, da cor da angústia que infecciona até os cabelos das pessoas pedra na mão, cruz na mão, e mãos fazendo o pelo-sinal, enquanto a boca vitupera, quando chegou aquela mulher, quem é aquela mulher, a mesma pergunta aqui e ali, é a mãe, a mãe da filha, filha da mãe, a filha da mãe que ainda tem a marca daquele troço — que eu te falei, filha, pra não colocar na boca.

Essa angústia branca como o branco do de dentro das baratas, o branco do de dentro das baratas branco como esse negócio, engraçado, se a luz acesa parece um salzinho, né, e aí, se você apaga, azul. Essa angústia branca, a mãe sentia sabe-se lá por que razão, mas de um certo jeito eu sentia, coração de mãe é desse jeito, aquele negócio bonito, aquele negócio azul, era de um azul que parecia coisa de Deus, mas eu senti sabia que era do diabo aquilo, todo mundo pensando em ficar rico com aquilo, Deus não manda riqueza assim caindo do céu, aquele azul não era azul do céu, era como se fosse um azul-vermelho, um vermelho-celeste, que seja o diabo, que seja, nós vamos ficar ricos, dizia o pai sob a luz amarelecendo ele, olhando para a menina que, de pé, agora, ia lavar a mão, a menina olhada pelo sexto sentido da mãe que tinha certeza de que Deus não manda nenhum azul, nada, nenhum pó nenhuma riqueza assim de mão beijada, isso daí pode até valer dinheiro, mas vocês não sabem o que é isso não, esse salzinho aí, cocaína, eu já vi na TV é um salzinho assim desse jeito, e desde quando cocaína brilha assim, mulher.

O certo mesmo é que brilhava, um brilho azul. Era que nem o manto de Nossa Senhora Aparecida, eu até que pensei mesmo, na hora, a primeira coisa que eu pensei foi no manto de Nossa Senhora Aparecida, ela também é mãe, mãe de todos, e eu o que eu não entendo é por que ela não avisou antes, é por que ela deixou acontecer o que não podia acontecer, não é de Deus, não é da natureza mãe enterrar filha, é como minha irmã disse ontem, mulher que perde marido ou marido que perde mulher, pra isso tem nome: é viúva é viúvo, a pessoa que perde pai que perde mãe é órfão, agora, mãe ou pai que perde sua filhinha assim tem nome? Tem? Não tem.

A pequena morte mora em cada movimento silencioso de cada órgão, e as sinapses enredam as distrações para que o homem não saiba disso. Máquina, uma boa metáfora para o corpo, um consolo — algo como acreditar que o sol-posto tem qualquer coisa a ver com a vida. Oxigênio e analogias, tudo o que se precisa para manter de pé a simulação necessária entreposta entre os olhos e o sol ensurdecedor da pequena morte silenciosa. O pensamento mais racional, sua concatenação mais rigorosa é farpa macia diante do calmo abismo de materializar a morte entre dedos. Ter entre dedos o corpo inerte de alguém inscrito nos sólidos da memória, a isso chamo tomar consciência, não sináptica, mas consciência carnal, nodular, óssea. A pequena morte, sal para que o corpo contamine de vísceras o mais abstrato dos deuses. A pequena morte é a menina entre bonecas e flores, pensando o impensável da parede branca naval do hospital, olhando para o olho do médico que já a olha como morta, o médico também meio morto, tudo morto em volta, no espaço entre paredes brancas como miolo de barata tão resistente à radioatividade.

As bonecas não param mesmo de chegar. A solidariedade, um dos muitos codinomes da culpa, não para de dar o ar da sua graça. Uma graça satânica, a menina que em 6 anos saudáveis nunca teve uma boneca como aquelas todas aquelas inumeráveis bonecas.

E flores. Pelos espaços curvos entre as flores e as bonecas o cheiro hospitaleiro da morte irradiado, e as enfermeiras tacavam ali mais flores e bonecas, multiplicando os espaços curvos por entre. A menina, por entre um pensamento e outro, os espaços curvos, a memória tacando lembranças ali entulhando tudo, a menina semiacordada-dormindo, acordada, dormindo, sabe-se lá, ela olha aquelas bonecas e nem dá pra acreditar, e ela está feliz, sim, quanta gente mandando aquilo, falaram pra ela, ela está, você gosta de pescar?, o tio pergunta, o tio?, que tio é mesmo? ela pensa em contar a história do ovo, não, mas foi depois a história do ovo, ou foi antes, você gosta de pescar?, foi o que o tio perguntou pra ela, o tio que nunca ia lá, que apareceu pra tratar de algum negócio dele com o pai, será do negócio azul, ou foi antes, por quê-que ela fica lembrando desse negócio do tio ela não sabe, mas ela pensa também que ela não conseguiu pegar nenhum peixe e quando o tio colocou o peixe — foi antes, antes do negócio azul, o tio colocou o peixe na mão dela e não tinha nada estranho na mão dela, estava boazinha a mão, e o peixe escorregou e caiu de novo na água e todo mundo, quem? ria em torno dela era a enfermeira, a enfermeira olhava pra ela e pras bonecas e pra outra enfermeira e pro médico que olhava pra ela e pra enfermeira e as bonecas e as flores se movendo mais bonecas flores quantas enfermeiras médicos olhando as bonecas flores e os vazios curvos entre todos eles que não presenciaram só as bonecas flores e os vazios curvos presenciaram o último pensamento inominável da menina dias depois vituperada enquanto bela adormecida dentro da caixa de chumbo.

A memória. Punhado de agulhas costurando a carne cinzazulada do cérebro e, quanto mais azulada, mais modorrenta, mais infernal, mais persistente a grafia das unhas enfiadas no crânio. Então que, como uma máquina giratória, de exatas junturas articuladas em movimentos sincrônicos, e a dor diacrônica, irradiando do núcleo-passado, perfurando o presente, diluindo o futuro, então que, como uma máquina giratória, aquela uma e mesma imagem que se repete, sempre a mesma, sempre outra, sempre um pouco mais rasurada nos pontos mais macios, sempre mais nítida nos pontos mais farpados — ou o inverso. Sempre a mesma cena: a filha em seus 6 anos, a farinha entre dentinhos azuis-ensanguentados, o pai dizendo "No claro não se vê, é uma beleza que só se vê no escuro". Que nem mágica, só que de verdade. E é então que entre dormindo entre acordada a noite se farpa até os dentes, a sinfonia cega de vitupérios, o sol gelado do cemitério, a imagem da filha nua-esburacada, o caixão de chumbo alvejado por lascas de cruz, palavras-cuspe caindo no ouvido e que não param de açoitar. E é assim até de vez a mãe acordar para um pesadelo pior: a mesma atmosfera lenta e pesada, só que é de verdade.

Só que é de verdade, a mãe olhando aquele enxame-gente em volta do corpo da filha envolto em chumbo, o sol queimando os cabelos, expulsando corpo do corpo, expulsando o que do corpo é água, sim, a mãe sabe, pode ser apedrejada, ou não sabe talvez, a consciência é capaz de conter em si mesma o seu contrário, o olho é capaz de entender e não repassar o entendimento à rede de conexões neuronais, melhor seria dizer que o olho da mãe vê sem compartilhar a imagem com o cérebro nem com qualquer outra parte do corpo, muito menos com as pernas da mãe, pernas escritas pela hidrografia semiazulada, sintoma do mundo intrapele, pernas também funcionando sozinhas, em metamovimento, sem prestar satisfação nenhuma a nada nem a ninguém, carregando a mãe-toda rumo ao caixão, onde dentro Leide dorme tranquila e, sobretudo, eviscerada.

Moro nessa cidade há 33 anos, sei bem o que é esta cidade, apesar de não compreendê-la. Joyce fala algo sobre compreender a alma de Dublin, diz que se compreender a alma da cidade terá compreendido o humano. Não quero compreender alma nenhuma. As cidades não têm alma. Os homens também não. Alma é só um nome para a ignorância e o medo que se apropria da gente diante da morte que nos visita linguagem adentro linguagem afora. O que importa é a fisicalidade da cidade, suas nuvens, seu cheiro ensolarado amadeirado ou sei lá, no caso de Goiânia, sol e os poluentes dos carros e todas essas irradiações nervurais de afetos meus e da cidade queimando todos os sons, elevando-os à potência ensurdecedora do silêncio branco dos mortos. A população de mortos é muito maior do que a população de vivos, porque um morto não se submete à linearidade das ruas nem da linguagem, porque um morto, se nós o amamos ou o odiamos, desgramatiza o arranjo químico do corpo que nos inventa um sonho-vigília, que sustenta a cidade e sustenta a nós mesmos, nossos passos sobre as águas ou sobre a ausência delas — como no caso desta cidade.

Há algo sim que está interferindo em todo o processo de escrita. (Na pesquisa. Nem sei se há pesquisa. Acho que invento a partir do que pesquiso.) Meu irmão está morto. Morto. E a tolice do significante, a tolice própria à linguagem se ressalta, se torna mais intensa. Sim, meu irmão está entre as vértebras deste livro, pela primeira vez escrevo com a razão infectada de meu corpo, a morte do meu irmão doendo doendo em meu corpo interfere nas articulações dele, o meu corpo, em sua arregimentação, em suas nodulações mais secretas; interfere no que de texto-rasura, no que de texto do sonho, no que de texto me põe em pé, pela primeira vez meu corpo vocaliza-se, ou melhor, infunde sua nevralgia na palavra-minério, a escrita. O corpo sempre o pensei como desordem, que sua fala, se falasse, falaria a preexistência do Deusdemônio. E o corpo é outra coisa, avesso à tautologia, e a qualquer desperdício lógico. O corpo arquiteta, obedece a uma inscrição silenciosa, a um palimpsesto invisível a qualquer cerebração, o corpo administra-se em pequenas mortes, abisma-se de um modo organizado, inusitadamente organizado, o seu impulso à morte, impulso metacorporal, nele, nem Deus interfere, Ele pode até saber dessa escrita invisível aos homens, mas não pode interferir nela, pois ela, a escrita do corpo, é de Ordem Superior, que prevê mesmo a desordem introduzida pela desordem da cidade, desta cidade, suas ruas falsamente planejadas, falsamente máquina-lógica, esta cidade.

Vinte anos depois, custa às pessoas admitirem que o que não acontece, acontece. Pensa-se sempre que a peste é coisa estrangeira, que foices não podem ser azuis. Àquele que lhe é agradável, Deus dá sabedoria, garante o livro que garante, entanto o mesmo livro garante: Deus dá sabedoria, e a máquina de morrer permanece em seus giros e em sua arte repetitiva de pulverizar o que está sob e, porventura, o que esteja sobre o sol. Os habitantes de Goiânia eram perversos e grandes pecadores diante do Senhor?

O certo é que houve um cancro nessa cidade cu do mundo, cancro azul, ainda por cima. Azul — durante aqueles dias, espessas trevas cobriram toda a cidade. Não se via um ao outro, só se viam os mortos, e o desejo de todos era matar os mortos. Um pequeno imenso holocausto, um sacrifício consumado pelo fogo, um odor agradável ao Senhor. Somos todos parte de um sacrifício a Ele, ao inominável risco no vidro de nossos olhos. Fomos ungidos, nós, os desta cidade, ungidos com o doce odor da voz áspera do Deus:

Porei sobre vós o terror, a tísica e a febre ardente, que consumirão os olhos e farão definhar a vida; em vão semeareis a vossa semente, pois os vossos inimigos a comerão.

e fugireis sem que ninguém vos persiga.

Se nem ainda com isto me ouvirdes

vos farei o céu como ferro e a terra como bronze, e a terra se rejuntará ao azul do céu e o azul do céu desmembrará as vossas vísceras

Em vão se gastará a vossa força, pois vossos corpos dirão não aos vossos corpos

Ora, se andardes contrariamente para comigo, e não me quiserdes ouvir, trarei sobre vós pragas sete vezes mais, conforme os vossos pecados.

vos reduzirão a pequeno número; e os vossos caminhos se tornarão desertos.

Se continuardes a andar contrariamente para comigo,

eu também andarei contrariamente para convosco; e eu, eu mesmo, vos ferirei sete vezes mais, por causa dos vossos pecados.

Trarei sobre vós a espada, que executará a vingança do pacto, e vos aglomerareis nas vossas cidades; então enviarei a peste entre vós, e sereis entregues na mão do inimigo. E o inimigo terá a substância azul nos cabelos, e irradiará o terrível vermelho-celeste pelas ventas, e um azul intenso e invisível estará eternamente arraigado no vento esquecido da cidade

Se nem ainda com isto me ouvirdes, mas continuardes a andar contrariamente para comigo, a loucura virá na forma de vossas bocas investindo contra os vossos mortos, e quererão matar os mortos uma segunda e uma terceira vez

também eu andarei contrariamente para convosco com furor e invisível; e vos castigarei sete vezes mais, por causa dos vossos pecados.

E comereis a carne de vossos filhos e a carne de vossas filhas.

derrubarei as vossas imagens do sol e corromperei a cor do sol, e lançarei os vossos cadáveres sobre os destroços; e tudo em mim vos abominará.

Reduzirei as vossas cidades a deserto de gentes sob o sol de um azul invisível, e assolarei os vossos santuários, e não cheirarei o vosso cheiro suave

E abro um livro de Roberto Juarroz, que comprei ainda ontem, e flagro Juarroz intrometendo-se no diálogo monologar de Deus:

> *Há de se cair e não se pode escolher onde. / Porém há certa forma do vento nos cabelos, / certa pausa do golpe,/ certa esquina do braço / que podemos torcer enquanto caímos. //*
> *É tão só o extremo de um signo, / a ponta sem pensar de um pensamento. / Porém basta para evitar o fundo avaro de umas mãos / e a miséria azul de um Deus deserto. // Se trata de dobrar algo mais que uma vírgula / em um texto que não podemos corrigir.*

Acendo o meu cigarro, e contemplo a miséria cinzazulada de um deserto tragando a si mesmo, um deserto tumultuado como o deserto daquele Outubro, 26. 1987. Meio-dia: o corpo eviscerado fechado em chumbo. Em instantes, deveria, deverá ser enterrado no Cemitério Parque, Setor Urias Magalhães. Em companhia do sol sólido de Goiânia e de aproximadamente duas mil pessoas compondo uma peça óssea na história nessa cidade. Caixão de chumbo com menina eviscerada. Leide. Então. Gentes.

Aos 6 anos é gostoso comer com a mão aquele ovo ali com farinha. O pai, recém-chegado da rua com novidade boca afora. Uma coisa bonita que vocês nem imaginam. Uma coisa bonita que não se vê. A menina ri soprando (ou sopra rindo?), farinhas voam entre dentinhos.

Como pode ser bonita uma coisa que não se vê? Não se vê no claro, só se vê no escuro. Que nem mágica, é? — pergunta com as pequenas mãos engorduradas, mãozinhas e dois cotovelos sobre a mesa. É que nem mágica, é?

É mágica, só que é de verdade.

A verdade é que todo Apocalipse é pessoal. Privado. Intransferível. Cada um com sua morte, do mesmo modo que cada um com sua vida. Goiânia. É só ir ali a São Paulo e se percebe, ao som da palavra *Goiânia*, em resposta, certo olhar que-cu-do-mundo? num rosto de-que-diabo-de-cidade-é-essa-que-eu-já-ouvi-falar? Mas era setembro, 1987, Goiânia ou Bombaim, pouco importa, quando certas coisas imprevistas acontecem, desencadeiam uma série de outras coisas imprevistas. Em resposta, as pessoas se rebelam com outras séries imprevistas de coisas que nunca nenhuma delas pensou, pensava ser capaz de fazer. O caso do Leonelson, por exemplo, ali furiosamente sob o meio-dia, mão enraivecida, olho preto estatelado, atacando a cruz do túmulo de Jonésia Aparecida Silva *1937-1983 †, atacando a cruz enraivecido, o couro cabeludo coçando por conta das caspas e do sol, Leonelson que em seguida irá jogar o pedaço arrancado da cruz de madeira sobre o chumbo do caixão de Leide das Neves, Leonelson, trabalhador mesmo, homem de ir à igreja, apesar de também frequentar uma vez ou outra (três vezes por semana) o boteco do seu Francisco, Leonelson nunca, antes desse negócio do Césio, nunca que podia se imaginar fazendo aquilo, pra falar a verdade, tinha até gastura desse negócio de cemitério.

Então, as gentes. Menina eviscerada, dentro. Caixão de chumbo. Vitupérios, todos os vitupérios, até os que não existem — ou não existiam, ainda. Os corpos, as bocas, as mãos. Palavras separadas das bocas, vindas de quaisquer bocas. Bocas sem palavras. Palavras sem boca. Desgraça Demo Coisa vazia Morrida Fora daqui Corpo dos infernos. Cruz concreto tijolo. De cruz, tijolo, concreto, os pedaços estalando sobre o chumbo. O demo em carne dela vindo, dela vindo a morte pelos ventos, isso que se esparrama pelo vento é um azul que não se vê. O mal é um azul que não se vê. Só porque a gente é pobre, não tem que aceitar não, esse corpo de cão aqui.

A coisa toda é inverossímil. A prova de que o que não acontece, acontece. A pedra. As pedras. Não só, lascas de cruz e tijolo e concreto e tudo quanto é pedaço arrancável de túmulo. Que atire a primeira pedra, quem. Muitas pedras atiradas.

Leide, e não Maria Madalena. Nenhum Cristo por ali. Mas a mãe. Dela. A menina eviscerada dentro do caixão de chumbo. O corpo da mãe suado, encostado pelo sol, corpo de mãe entre chumbo de caixão que guarda a morta eviscerada e pedra e cruz e concreto voando e o pelo-sinal e tudo e o nada pesando mais, pois que enlaçados a vitupérios velhos e outros inaugurados só pra matar de novo a morta, só pra desterrar a morta já desterrada, eviscerar de novo a morta eviscerada.

Ele, eu: Felipe Werle e Ana moravam na mesma rua desde que se lembram de si mesmos, quase vizinhos. Mesmo assim, não se conheciam — e aqui nada de ambiguidades quanto ao sentido bíblico do verbo conhecer, que ainda eram crianças e as crianças nada sabem de sentidos bíblicos, sobretudo do verbo conhecer. E se conheceram porque na escola de Ana, setembro, 1988, pediram uma pesquisa sobre o acidente radioativo com o Césio 137, ocorrido no ano anterior, e porque Ana soube por alguém, quase todo mundo lá na rua 1008 sabia, Ana soube que aquele garoto que ela não conhecia e que morava no nº 673 é obcecado por essa história do Césio e coisa e tal. Mas ele, Felipe, mal se lembraria dela até que se conheceram de novo, anos depois, muitos, numa mesa do Glória.

Outubro, 26. 1987. Eu jogando futebol de botão ou, talvez, na porta de casa esperando menina que passasse, alguma dessas que fazem a carne de um menino de 12 anos sonhar. Não sabia de, mas ao meio-dia acontecia algo em Goiânia que só vim a saber depois, e o saber disso orienta até hoje os pesadelos do corpo.

Eis o acontecimento que me faz pensar que Maldoror visitou Goiânia. O acontecimento não, os acontecimentos. Mas começo pelo do dia 26 de outubro, meio-dia, enquanto eu jogava futebol de botão ou esperava passar na porta de casa alguma menina de saia curta.

O acontecimento, enfim: o corpo eviscerado fechado em chumbo. Em instantes, deveria, deverá ser enterrado no Cemitério Parque, Setor Urias Magalhães. Em companhia do sol sólido de Goiânia e de aproximadamente duas mil pessoas. Caixão de chumbo. Dentro, menina eviscerada. Leide. Então. Gentes.

Os sons, o mundo assustador. Microimensos ruídos de pássaros, maiores do que serra elétrica. Mais afeiçoado, ele, a sons de serra elétrica, motores. Ana, Ana, Ana. O caralho. A música é que não passa. Ana irá embora. Ana foi embora. Estamos sempre indo embora. O caralho da música é que sustenta. É isso que tenho. A ilusão de uma algaravia sonora sob meus cálculos, e que isso rapte um tanto do imprevisível — morte.

A música é cheia de tentáculos e manipula a massa sonora escondida nas vísceras, comigo é assim, ele diz, pensa a si mesmo. E também as outras mulheres o entortam do caminho da autofagia, as muitas Anas. Ou, sabe-se lá, talvez ele se autofagie por meio delas. Se é para se devorar, que seja da melhor forma. Nenhum nirvana me serve, eu quero mais, muito mais — ou menos. Expiro com dor e componho, isso me basta. Ou não basta, mas é o que tenho. Componho porque preciso destruir algo. Deus não é um criador, mas um destruidor. Encontrou o mundo pronto e não se cansa de destruí-lo, de insuflar-lhe pequenas mortes em tudo e em cada coisa.

Não sei se morrerei cedo, mas tenho muito o que fazer.

Muito o que fazer. Tentar sair deste beirabismo. O pior é: somente a música não me comporta mais. Assustador isso, que o horror dos sons não me caibam mais de me parar em pé. Tenho tido sonhos de sereias com rabos de peixes destroçados. O corpo, as partes, peitos, coxas, coaxos, infernos em formas sonoras e todos outros infernos possíveis dormindo e acordando comigo, infernos como o que inventei de chamar de memoricidade, infernos como as mulheres que traí e as que me traíram no centro dessa coisa sem centro que pensa em mim, infernos que o tempo não desfibra, antes, concentra em memoricidade de corpos em pedaços, ou pedaços de corpos. Tenho muitos sonhos em que, na ferragista amarela de meu pai, uma menina morta canta com voz de trombeta que é uma flauta que é um relincho que é um peixe soprando a voz de um pássaro qualquer. E agora, hoje, presente como um átomo partindo-se dentre os meus ossos, a lembrança do amigo morto, do irmão morto, tudo misturado à menina morta e suas notas Erínias boca afora.

Lembro-me de meu pai em desrazão, saraivando impropérios, a mente dele em caos organizando a fuga. O azul explodindo nas imediações. Ainda nem havia menina morta vagando pela cidade e meu pai em razão desvairada nos arranca em família dali. Peguei dele a loucura, e não por empréstimo, mas para constituição de meus arranjos com a vida. A loucura do meu pai salvou a vida da família.

A loucura do meu pai é o princípio organizador da minha música?

Penso nos átomos. Puta merda, penso nos átomos dessa cidade. O som é movimento de átomos. Acidade. Atomicidade. Cancro azul. Tenho certeza. Morrerei de cancro azul. Morrerei a morte cromática que a cidade oferece a seus rebentos. Ainda não tive filhos. Tenho um pouco de medo. O suficiente. As veias do pulso são azuis. Corta-se e se produz vermelho, e não serei mais um receptor de sons. Mas compor é descompor. Componho para os esquizos, que sabem a precisa ordem que há em muitas suposições de caos, ônibus, gritos, passos, descompassos. Acidade.

Quando apaixonado por Ana — há intermitências nisso, há intermitências em todas as coisas — a tentativa de descrevê-la musicalmente. Descrever uma mulher musicalmente. Essa ideia me foi soprada pelo Diabo, ou por Deus, desses que comparecem quando ébrios ou sóbrios em excesso. Produzir a imagem acústica de Ana, os sons de seus seios, de sua bunda, de sua cintura, de seu umbigo, de sua boceta, de seus lábios, dos lábios da sua boceta, de seus cabelos, de sua respiração mais leve ou de seus gritos.

Minhas crises me levam a produzir, muitas das vezes. O melhor do que compus adveio de minhas crises, de certo modo. O pior também, de certo modo. Muitas outras vezes, porém, não é assim. Agora, tenho 33 anos e não é assim. Escrevo para ninguém, para mim mesmo, para tentar organizar o caos. Eu sou ou estou o caos. Tudo em suspensão, não consigo compor. Então escrevo. Terminei tudo com Ana, e estou louco para vê-la, e não a suporto, e não quero ser músico, e quero compor, e volto com Ana: estou paralisado em movimentos frenéticos, um tipo de paralisia cerebral intermitente que, sem ser metafísica, não é também física — ou até é.

Se desejasse explodir minha cabeça, mas não é isso, não desejo sair da vida, não agora, desejo entrar nela, mas não sei mais o que me interessa na vida, o que é a vida, o que diabos é entrar na vida.

Acreditasse no Diabo faria um pacto com ele, o mesmo com Deus, o mesmo com Qualquer Coisa. Me transformei num paroxismo, num vulcão que se derrama inutilmente contido e cuidadoso e para coisa nenhuma. Nem tautológico, que não em círculos. Nem teleológico, que não vou a lugar algum. Palavras em fuga. Escrevo isso aqui para continuar vivo, enquanto escrevo, vivo, então não parar, não parar, apenas o ato, a porra do ato.

Porra, porre. Tomei o maior porre da minha vida, a cabeça dói, mas nem a dor de cabeça consegue me ocupar de não pensar. A angústia é uma coisa branca, uma porra, uma porra de uma coisa branca que não mente, a única porra de afeto que não mente. Faço análise há bem uns sete anos. Buda ficou em transe, sob uma árvore e após sete anos iluminou-se. Em sete anos de análise, escureci-me, tornei-me ainda mais turvo e gastei uma grana preta, enquanto Buda não gastou nada. Escurecer-se é mais dispendioso. Escrevo para mim mesmo como se escrevesse para alguém. Como sou músico, não me interesso por meta porra linguagem, escrever para mim mesmo como se escrevesse para alguém é um modo de dar pele à minha carne viva, de dar um corpo a minhas vísceras que parecem carecer de energia para me pôr de pé.

Penso mais do que nunca na coisa do Césio e me vem de novo e de novo a velha amarelada azul imagem da menina sem vísceras andando pela cidade. Sonho de olhos abertos com isso, me alimento disso. E, ainda que os trocentos exames que fiz e faço neguem, tenho certeza de que estou doente, de que o Césio me mastiga, de que minhas células se aceleram em dizer não umas às outras. Que eu entrasse na besticidade de uma iluminação búdica, que um teco a mais de cocaína me desagregasse para sempre de ser eu. Puta merda. Vegetativo. Parece que me tornei um surdo para a música, não componho nada, uma ranhura de nada, há pelo menos um mês, e um mês vegetativo é mais tempo do que a morte. Então escrevo, virar escritor, claro, claro, desdobramento lógico para a vida de um compositor que venceu o Ars Eletronic que ele sempre sonhou em vencer.

Os sons, o mundo assustador. Microimensos ruídos de pássaros maiores do que serra elétrica. Mais afeiçoado, ele, a sons de serra elétrica, motores. Ana, Ana, Ana. O caralho. A música é que não passa. Ana irá embora. Ana foi embora. Estamos sempre indo embora. O caralho da música é que sustenta. É isso que tenho. A ilusão de uma algaravia sonora sob meus cálculos, e que isso rapte um tanto do imprevisível — morte. A música é cheia de tentáculos e manipula a massa sonora escondida nas vísceras, comigo é assim. E também as outras mulheres me entortam do caminho da autofagia, as muitas Anas. Ou, sabe-se lá, talvez *ele* eu se autofagie por meio delas. Se é para se devorar, que seja da melhor forma. Nenhum nirvana me serve, eu quero mais, muito mais — ou menos. Repito: espiro com dor e componho, isso me basta. Ou não basta, mas é o que tenho. Componho porque preciso destruir algo. Deus não é um criador, mas um destruidor. Não sei se morrerei cedo, mas tenho muito o que fazer.

Tenho feito coisas estranhas. Outro dia, 2h da madrugada, numa quase esquina no centro de Goiânia. Uma mulher me pediu ajuda. Uma mulher drogada, meio suja, bonita e malcuidada. Fui parar em sua casa, ali por perto. Ou melhor, em seu quarto, pois sua casa era um quarto. Ela me mostrou uns desenhos seus, uns desenhos de moda, vestidos, blusas, saias. Depois saímos, fomos a um hotel barato, ela cheirou mais cocaína, trepamos muito. Eu sentia mais nojo do que prazer, mas trepamos muitas vezes. Ao sairmos do hotel, um Vectra preto parou perto de nós, um homem nos olhou. Era o namorado, amante, marido, cafetão ou sei lá o quê da moça. Sei que o cara que era sei-lá-o-quê da moça acelerou o carro e se foi, não sem antes me fotografar com os olhos. A moça, que não mais vi desde então, disse-me que estávamos mortos. Eu continuo vivo, acho.

Não, não sei o que sinto, Ana dizia, diz.

Não, não é que não sei como dizer, Ana, não sei mesmo é o que sinto por você. Chamo de amor o que não tem nome. Mas se chamasse de retinopatia, daria no mesmo.

Ana não é de orações intercaladas. Ana não é silenciosa. Nem verborrágica. Fala muito, mas com régua e esquadro. É menos arquiteta, mais engenheira. Engenhosa, descabelada. Linda como uma palavra em língua desconhecida morta. O olhar de Ana é rouco. A voz não é nada descabelada, é laminar, pausada, doce como o som de um sol escuro. Sim, Ana é sombria, de pele muito clara: Ana: eclipsidra. Digo escrevo essas coisas a ela, e ela sorri, às vezes gargalha, desdenha: "disso tudo, só me identifico com o *descabelada.*"

Conheci Ana. Um acontecimento imprevisto, conhecer Ana. Ninguém espera conhecer Ana. Quer dizer, encontrá-la, que conhecê-la é outra história, quer dizer, na verdade esta história é a outra história de como conheci Ana. Também no sentido bíblico — mas essa piada é velha e mesmo assim ficou aí, como se pode ver.

Encontrar Ana, e então outra vida, a sua. Um encontro com o impossível. Uma fratura.

Quando Ana está longe, me masturbo pensando nela, não nela toda, que fantasia de homem é pontual, desmembrada, homem fantasia paisagens delimitadas, bunda, coxa, umbigo, ombro, seio, seios, bico do seio, bicos dos seios, pinta na nuca, pinta, pintas, homem é fetichista por excelência, homem é assim, cartesiano irracional, então me masturbo pensando nela, quando ela está longe. Se Ana morasse na Sibéria já teria espermado até a alma.

Que me livre.

Mas Ana não está, não sempre esteve, justamente, na Sibéria?

Entanto, é só Ana por perto e: angústia. O afeto fica branco, obrando antienredamentos, desfazendo remendos, remoendo infâncias. Ana ao longe. Por perto, sinto solidão, sinto um excesso de amálgama faltando. Ana me traz com ela (sei lá por que) a merda da minha infância, a podridão seca da minha adolescência, o solipsismo de se ter ser carne e não saber o que fazer com ela. Eu não sou nem tenho um corpo, o corpo é que me tem, e sou um estrangeiro nele, ainda que pertencido a ele, ao corpo.

Digo que re-conheci (com essa pausinha ridícula e tudo) Ana naquela segunda-feira de chope barato, no Glória. Digo isso porque Ana e eu moramos em ruas perpendiculares, durante nossas infâncias. Brincamos por vezes juntos, não muitas, pois, eu, sim, eu era a porra de um Glenn Gould, até os 12 anos, mais ou menos, eu era a porra de um Glenn Gould que não tocava piano.

Então, naquela segunda-feira no Glória, quando Ana se sentou à minha mesa, eu devo ter feito mesmo uma cara de ameba insone (não sei se é assim mesmo que ela diz que eu fiquei), pois não a reconheci de modo algum. Entanto, depois que ela disse que eu era mesmo um menino oligofrênico e amante de meu umbigo, depois que ela disse isso, minha "glenngoudisse" (boa parte dela me permanece) se desarticulou naqueles olhos dela, contraindo em expansão, olhos negros e grandes, cílios fartos, naquele nariz estranho dela, como são os narizes das deusas e das demônias em meus sonhos de músico bergmaniano.

Não me lembrava da Ana da infância e, na verdade, até hoje não consigo relacionar a Ana-pulsão-de-morte com aquela menina pálida de quem tenho lembranças pálidas. Ana tem a pele muito branca, não pálida e fosca. Antes, uma pele que irradia branco e cheiros inexplicáveis. Nada pálida. A menina era pálida. Leide pálida com bonecas e flores em volta. Não sei o que estou falando. Estou cansado. Com sono.

Quinze dias depois do Glória e do Sansão e Dalila, estávamos morando juntos. Moramos juntos por quase três anos (não moramos juntos mais, oficialmente, na prática não sei explicar o nosso estado). Éramos fomos somos felizes, sim, a felicidade é possível, felizes discutindo várias vezes ao dia sobre coisas que certamente não afetariam sequer as sombras das partículas do arranjo que sustenta o universo — como todo casal que se preza, ou não. Como todo casal que preza, ou não, os cotidianos.

Ana acordou. O texto do sonho ressoando nela, enquanto mija, enquanto escova os dentes, enquanto anda pela rua e não se sabe para onde Ana — nem ela sabe, tem vez. Tem vez, a vida é assim, texto-sonho, de nervura tão hebraica, de textura tão anêmona, coisa tão musgo escorregando entre as palavras que tentam se explicar umas às outras. Vivem, eu e Ana, sem planos para o futuro ou para o passado. Juntos, ainda que Ana às vezes na Sibéria, em seus exílios.

Ana sempre esteve demais longe, perto demais, assim como seus olhos, num só tempo, contraindo expandindo, e sua alma, cosmoentrópica. Igual a tudo nesta cidade. Ana: linda como uma palavra de língua morta. Vejo olhos de muitos percorrendo-a. Se Ana estivesse de burca, ainda assim. Sobretudo assim. Ana não deve ter parafusos a menos. Não parece. Parece ter parafusos a mais e a menos. Contorções mentais em excesso. É inconsútil e fragmentada, tem mil bocas e é uma só. Opinião monolítica quando quer. E nunca sabe o que quer, e se irrita com minhas falas ou meus silêncios prolongados, nós dois na sala, no sofá, não é muito original, mas os dois no sofá, prefaciando o conhecimento bíblico entre um homem e uma mulher, isso nos faz juntos, mesmo que ela e seus hábitos siberianos.

Em certos dias, Ana ama o silêncio prolongado dele, e ele, não sabendo disso, será intermitente, manejará com equilíbrio sacrossanto os interstícios da palavra e do silêncio, e ela se irritará com a ausência de silêncio prolongado. Ana é cartografia de um território que não há.

Sabe bem você, meu amor, sabe bem de meus escuros de superfície, da porosidade de meu silêncio quando me entristeço, e agora, então, há muitos modos de morrer. Parece-me que há um olho dentro de meus ossos, já não me entendo, e meu delírio me parece estranho a mim mesma. Dói de um jeito que não é dor de mulher, é dor de humano, nem é isso, é dor óssea que se espalha até para os fios do cabelo. Você sabe que te amo, mas não quero que me veja assim, mas quero que me veja assim. Ao vivo pareço segura demais, só que é insustentável sustentar o tempo todo a máscara. Não quero que me veja assim, louca, transtornada, atravessada de fantasmas que tento atravessar, morta-viva. Ontem caminhei pelas ruas deprimentes de Campinas, odeio aquele lugar, mas lá posso me entender melhor, vou sempre lá em segredo, lá há a textura da morte nos ventos, nas casas, nas cores amarrotadas por um tempo que persiste em se repetir, ainda que de um jeito a cada vez. Campinas é o pior lugar de Goiânia. Mas preciso ir lá, sentir o cheiro de lugar morto, isso para não morrer, para imaginar a morte fora de mim, e não esse olho me espiando por dentro dos ossos. Por que voltei a não falar com meu pai? Não, ele não voltou àquela ideia de me internar de novo, até ele já percebeu a idiotice disso. Até gostaria de uma internação, tirando os médicos, as injeções, os mil comprimidos, o olhar de demônio onisciente com que olham para os loucos. Os loucos me divertem, os loucos são os normais passados por lente de aumento, a diferença é quantitativa e não qualitativa, mas a loucura-mesmo, a demência, isso não é bonito não, não quero chegar a isso. Tenho evitado embarcar na nau dos loucos que me habita, é forte a tentação de me entregar, de fora não se sabe o que é um surto, o que o precede, é a força de uma energia enorme, as fibras do corpo todas irrigadas por sangue infernal, uma beleza de força, o cérebro todo em sinapses, e o cérebro sendo todo o corpo, é uma experiência insuportável, inigualável, é quase como ter a energia do mundo investida em você, em seu corpo-pensamento. Sei que nunca entrei em detalhes assim, mas não quero esconder minha loucura. Tomei distância escrevendo esta carta para isso, para conseguir falar. Esse negócio de analista não funciona para mim, não mais, ou talvez, sei lá. Gosto de papel e caneta, da palavra sem voo, quieta no papel.

Vou te contar agora, meu amor, amorzinho, a minha história, pensei em te contar a história do mundo, mas vou te contar só a minha, o que dela não contei. Não é bonita. Sempre quis ser amada. Por vezes, me entrego a qualquer um. Só o que você não sabe é o quanto me dá nojo aquela sua ex-mulher, bochechas rosadas, que eu tenho vontade de apertar, ora com ternura ora com a cólera de Javé, não, não, mais, com a cólera de uma mulher ressentida, então que até sonhei que estava arrancando as bochechas dela com um alicate, até expor a mandíbula, e depois lhe enfiava uma agulha por debaixo das unhas, sonhei isso várias vezes, aí acordava suada, às vezes de terror e culpa, às vezes de gozo, é, eu não entendo isso, mas acordava úmida, no estado que antecede o imenso enxame de demônios gritando as profunduras celestes terríveis que é o gozo de uma mulher; outras vezes o suor era de culpa; e, ainda, noutras vezes era o suor das duas coisas, culpa e gozo. Mas arrancar as bochechas dela, ainda que em sonho, me dá o gozo que teria se enfiasse um rato no cu dela, cadela da sua mulher, ex-mulher, que eu nem sei mais. Eu avisei que não seria bonito, mas é isso que se passa em meus trâmites secretos, secretos para os outros, não para mim, sempre soube que há algo do mal em mim, algo que não realizo, que não ponho em ato.

Sei que talvez você não tenha saco para ler tudo o que vou escrever, é uma carta-vida, uma espécie de testamento em que não deixo nada a ninguém, ao menos não deixo nada que valha a pena. Sim, sou estranha mesmo, horas atrás me sentia a mais amada das mulheres, me achava linda, podia seduzir até uma pedra, assim que me sentia, aí me lembrei do tal sonho que se repete e me lembrei da sua mulher burra, burra nada, ela que sabe das coisas, ela que domina a arte da tergiversação, ela que é mulher, mulher mesmo com todo o veneno feminino fatal que simula entregar terreno para devorar a adversária. Burro é você que não acredita quando digo que ela já sabe de tudo, que ela é melhor do que os irmãos siameses Karpov e Kasparov, que ela está no comando do jogo, indispondo você contra mim com a astúcia de uma libélula. Nunca minha voz é só uma, eu, como você vê, não perco a lucidez, está tudo claro e lógico, sim sou estou louca, mas há método, há organização, eu não sou louca louca, eu transito pela loucura, entro e saio, esse é o meu erro, a vida é pequena para se desprezar as muitas vozes, e há o silêncio, algo como um lápis escrevendo no vidro.

Não entendo essa história, na carta, minha ex-mulher que não existe, talvez ela fale de uma ex-namorada, ou.

Ana está delirando ou fingindo delírio. Está fingindo delírio pra fingir que é louca, mesmo sendo louca mesmo. Porque Ana mesmo diz que nunca delirou ou alucinou, que seu pai que inventou isso de ela ser louca, de que queria interná-la, de que ele é um perverso e a odeia. E o pai diz que nunca falou de interná-la. O pai diz que louca é Leonora, a mãe de Ana, que logo depois da separação se mudou de Goiânia para uma comunidade esotérica em Alto Paraíso, que a mãe de Ana é quem diz: "Ana deveria ser internada sim, ela delira, só não alucina, mas por vontade própria (sic)."

Sabe, Felipe, algumas coisas se impõem de um jeito, devo dizer, porque é verdade que eu era mais feliz antes de te conhecer, uma felicidade mais sóbria e constante, uma felicidade que incluía certas infelicidades, mas nada semelhante sequer aos infernos que alicerçamos entre nós. Quem diz que não há felicidades intensas no inferno? Mas também dores insuportáveis. O inferno é o reino dos extremos, o resto é a calmaria de uma navegação sonolenta. Não se dorme no inferno, eu não durmo. Sim, vou continuar indo ao analista, apesar. Preferia pegar esse dinheiro e comprar livros, e lê-los distraída, esquecendo e lembrando de você. Mas falar com o analista tem servido para não me entender melhor (sério, sem ironia). Vejamos no que isso dá, na verdade o cara parece sério. Prefiro a filosofia e a literatura, prefiro mesmo a literatura, que não quer resolver problema de ninguém, prefiro mesmo é a vida. Não tenho feito nada, você sabe, tenho visto muita besteira na TV, muita pornografia na internet, pornografia intelectual (he-he), tenho tentado surfar o caos, não ficar no puro silêncio onde me enfio, onde costumo me enfiar por vezes.

Eu sei, quase sempre é como se eu estivesse num exílio em lugar nenhum. Não sei por que razão não desistimos de fingir que as coisas são possíveis.

Penso em escrever outro livro fora deste: *O livro de W.*, se chama. Pensei em começar *O livro de W.* pelo começo de tudo: não me lembro, mas a Melanie Klein me garante que quando eu tinha 1, 2 meses de vida, sei lá quando exatamente, eu alucinava o seio da minha mãe, é por aí então que eu deveria começar, eu alucinando o seio da minha mãe — hoje eu alucino o seio da *Scarlett Johansson.*

Talvez eu deva também começar por Ana, ainda que seja um livro onde pretendo falar de por que desisti da música e de todas as bocetas que frequentei. Quero começar por Ana, pois que se pode começar em qualquer onde e quando. Começarei deixando claro que Ana desconfia de todas as religiões, sem exatamente abrir mão do uso que se pode fazer delas.

A questão de Ana é o corpo. Ana, de nascença, é bonita (apesar das orelhas com que ela mesma implica porque, segundo ela, são de abano) (apesar de seu nariz estranho, que é o que me faz achá-la extraordinariamente sensual). "Sou bonita como alguém que nascesse constituída de um cancro", Ana diz isso, hoje com menos frequência (decerto para ver em meus olhos um ou dois relances de horror):

— A beleza é um cancro, alimento para os olhos, e cancro.

Eu amo a porra dessa mulher — sei, sei, esta é uma frase muito, muito estranha. Talvez eu não tenha me apaixonado por Ana naquele dia no Glória, talvez eu tenha me apaixonado por Ana na primeira vez em que a ouvi dizer que a beleza é um cancro, talvez eu não tenha nunca me apaixonado por Ana.

Bocetas e música. *O livro de W.* é sobre bocetas e música. Sobre sons. Uma narrativa em que irei teorizar sobre os sons, os sons do corpo das mulheres, os sons do mundo. Na verdade já escrevi umas coisas para *O livro de W.* No fim das contas está mais para um outro livro, que é mais este livro do que outro.

Livro 2

O LIVRO DE W.

Os sons, o mundo assustador. Microimensos ruídos de pássaros podem ser pior do que motoserra. *Cartas celestes*, de Almeida Prado. Formalizar cartas infernais. Uma ordem, uma diversão, ao menos. Acreditar numa ordem. Numa ordem qualquer. Mas esse negócio de Deus. Estamos fodidos. Fodidos. Senso de fodição, é isso. A gente tem que ter alguma coisa que se possa chamar de senso de fodição.

Ana está lendo um livro que se chama *Espelho de tauromaquia*, esqueci o nome do autor.

Tem gente que não tem o que fazer nem pensar, e aí fica procurando coisas como sentido para vida. O sentido da vida são as trepadas. As mulheres bonitas explicam a existência. As mulheres feias explicam a angústia. Uma ordem qualquer, preciso: por isso a música.

A música, uma de minhas pequenas mortes. A música é o meu horror. A música encarna um Deus enxadrista que fode a gente no meio de Sua hipercoerência. E a música, meu modo de louvar toda essa fodição, de dizer para Deus que eu saquei, saquei sua hipercoerência nazicomunistoide, seu universo de moléculas azuis e de sons sutis e enlouquecedores roendo os meus ossos.

Felipe pensa nessas e noutras elucubrações e são ainda 7:30h da manhã. Ele pensa nisso e o calor modorrento de Goiânia já se anuncia e, mesmo assim, o tradicional leite muito quente com café solúvel e Toddy.

Tivera uma noite turbulenta que acabou por lhe tirar o sono. Sonhou algo terrível, que era uma espécie de herói, um herói absurdo, como são todos os heróis, um misto de Che Guevara e Super-homem, ainda sentia nos olhos e nos ouvidos as cores e os sons das explosões e dos tiros e a imagem de muitos corpos que ele despedaçara em nome de algum ideal de que não se lembra, mas que era em nome de algum ideal era, isso ele se lembra, ou inventou que se lembra disso para justificar suas atrocidades oníricas, ou, porra! mal acordei e foda-se se destrocei ou não alguém ou com que caralho sonhei ou deixei de sonhar, pensou, enquanto medindo o Toddy em colherinhas de café.

Bebericando o leite quase preto de tanto Toddy e café, liga a TV e aperta a tecla mute. Sequer olha para a TV, apenas liga a TV e aperta a tecla mute. Faz isso todos os dias, ou quase. Faz isso quase todos e, naquele dia, logo após fazer isso que faz quase todos os dias, foi fazer o que queria fazer mesmo, que era ver se havia chegado algum email de Ana. O não email de Ana fez-lhe pensar no cheiro da boceta de Ana e, agora, se lembrou: a causa, o ideal que o movera em sonho a destroçar um monte de gente era isso, só podia ser isso: a boceta de Ana — ou o cheiro dela, que seja. Os muitos lábios, música sanguínea de lábeis sons vermelhos quentes molhados, lisura áspera da língua lambendo os muitos lábios em ritmo dodecafônico, ele, ela, acéfalos — elelacéfalos — o corpo no corpo, e sem o quê. Ela, escorregadios os gemidos para dentro, gemidos de quem engoliu um mundo com seus muitos lábios de calar-se em gemidos.

A cabeça ainda dói, por causa do sonho. Como comer uma mulher sem chupar a boceta? Essas ideias, assim, não sem motivo, o motivo é Ana, obcecado por Ana. Não quer mais viver, ele. Mas se não viver, vai ocupar o tempo com o quê? Fumando muito cigarro que passarinho não fuma. Deve ter sido um sonho dentro da boceta de Ana. Por causa do sonho, a dor de cabeça, mas não por causa dos corpos despedaçados no sonho e sim por causa de uma peça que tocava durante o sonho e que talvez fosse Messiaen — *Quarteto para o fim do tempo* — III. *Abismo de pássaros* — Música para campo de concentração e para perguntar se Isto é um homem — mesmo que não fosse Messiaen tinha de ser Messiaen, Messiaen é genial, sempre pensa e diz às pessoas, mas Messiaen sempre lhe dá dor de cabeça. Ele sempre pensa e diz. Ele quase sempre pensa e diz, e quase sempre pensar e dizer têm por efeito arrumar confusão com muita gente, se bem que de um tempo para cá, por causa da análise, ou por causa, talvez, de que tenha pensado demais, pensado tanto que impossível dizer tudo o que pensa. Tem pensado demais em sua teologia pessoal, na sua convicção de que Deus está morto o caralho! Deus não está morto, está é com o dedo enfiado no cu da gente. Sim, esse é o axioma básico de sua teologia pessoal e do qual Ana ri. Ana riu muito quando ele disse, educadamente e em resposta a um parente que lhe disse, mais educadamente ainda:

— Fique com Deus!

— Que o dedo de Deus o sustente!

— O quê?

— Que o dedo de Deus o sustente — repetiu ele, e o parente disse Amém sabe-se lá se a sério ou de sacanagem.

Messiaen dentro do sonho e o sonho todo dentro da boceta de Ana, exatamente essa frase lhe passou pela cabeça e ele não teve como não rir, cuspindo no sofá o leite quase preto de tanto Toddy e café. Enquanto, com papel higiênico, limpava o sofá, pensando na boceta de Ana com sonho e Messiaen dentro, começou intracrânio uma dor de cabeça de outro jeito, uma ranhura sonora, se não for um AVC é uma ideia musical aproveitável, pensou, enquanto ouve essa ranhura sonora misturada ainda aos resquícios do sonho e ao email de Ana que não chegou e ao telefonema que ela não lhe deu.

Um cara bizarro. Gosta de se definir assim. Gosta de definir o mundo assim. Gosta muito, ele, da palavra bizarro. Define muitas coisas com a palavra bizarro. Olha para o fundo do copo, com restinho de leite com café e Toddy, quando lhe vêm à cabeça os desenhos animados da Liga da Justiça, havia lá o mundo bizarro, igual ao mundo dos super-heróis, só que ao contrário, ou seja, o mundo bizarro era um pastiche do mundo-mundo, no qual nós, os super-heróis, tomamos leite com café e Toddy e verificamos que Ana não nos mandou nenhum email tão logo acordamos.

O mundo bizarro cheio de sons. O mundo dos super-heróis cheio de sons. Todos os mundos, mundos cheios de som. Mundo = Som. Ele não suporta sons. Não suporta certos sons. Certos sons lhe dão calafrios. Não suporta, mas gosta desses certos sons. Melhor dizendo, suporta, ouve, gosta e, no entanto, esses certos sons lhe injetam horror, como se fossem a escrita aérea da morte ou qualquer coisa assim. Odeia música e, por isso, a música é, para ele, um céu. O ódio, o mais poderoso dos afetos.

Ele diz essas coisas sem saber se as diz a sério, diz à Ana e a uma amiga de Ana, meio que amiga de ambos, Camila. Acho que é a sério, acho que é uma invenção dessas que a gente inventa porque são necessárias, porque seduz as pessoas, ou simplesmente porque tem que se inventar alguma coisa, ele diz à Ana e à amiga de Ana. Meio-dia e pouco. Estão sentados numa mesa da praça de alimentação do Banana Shopping, avenida Araguaia com a rua 3. Ana foi entregar algo, ou pegar algo com a amiga, ou sabe-se lá, ele não sabe o que Ana foi fazer lá. Ele sabe o que ele foi fazer, Ana o chamou para acompanhá-la e ele foi acompanhá-la, pensou e, ao mesmo tempo em que pensava isso, pensava, pensa nas pernas substantivas da amiga de Ana. E no barulhinho com a língua, quase inaudível, que a amiga de Ana faz enquanto bebe o suco de uva light. E as pernas desaparecem e, agora, Ana e a amiga em uma conversa só delas duas nem percebem que seus dele olhos, subjugados pelo sonzinho da boca da amiga de Ana bebendo suco, nem percebem seus dele olhos observando a boca. A amiga de Ana tem uma boca estranha. Não é feia, é estranha. E a boca estranha e o sonzinho de quando bebe o suco de uva light provocam nele uma ereção.

"Uma ereção?", ele pensa perguntando a si mesmo, "Como assim uma ereção?" Fodido, estranho, morando num lugar estranho, seu vocabulário mental reduzido a termos como fodido e estranho. Mesmo fodido e estranho, morando num lugar estranho — o mundo, os sons —, mesmo assim, olhos e ouvidos atentos à captação de pernas e de língua fazendo barulhinho e ele, a amiga de Ana bebendo suco de uva light, e ele, mesmo muito fodido e muito estranho, ele já então e inevitavelmente pensando em fazer muitas coisas fodidas e estranhas com a amiga de Ana, num lugar estranho, em sua própria casa, por exemplo, ou na casa de seus pais, os lugares mais estranhos, fodidos e extremos que ele conhece. Felipe pensa, então, que a boceta da amiga de boca estranha, de Ana, que a boceta dela deve ser estranha e que ele poderia fazer dela, da boceta da amiga de boca estranha, um lugar, além de estranho, fodido e extremo. Pensa isso, logo após perde todo o interesse, imagina, sabe-se lá por que, imagina que a boceta estranha da amiga de Ana é raspadinha e ele odeia bocetas raspadinhas tanto quanto canções do Chico Buarque.

Quando compõe, enquanto compondo, não que fique bem, não que esteja bem, continua fodido, mas fodido de um modo como se estar fodido tivesse um sentido, um sentido secreto, que nem ele sabe se sabe, não importa, o que importa é que fica fodido e um tanto feliz, compor e fumar Free Box azul certamente aceleram a chegada do câncer que um dia chegará, mas ele nada pode fazer. O câncer é irrevogável, o câncer chega com o nascimento, e fica um tempo em *stand by*, até que. Felipe tem certeza de suas vísceras azuis tanto quanto de que compor e fumar Free Box azul fazem parte de sua essência, pensa — ainda que, conforme ele sempre repete, ache a palavra essência a mais idiota de todas.

Curioso como pelas manhãs espera email de Ana como se email de Ana fosse a coisa mais importante (fora a estranheza de ficar esperando email de uma pessoa que mora na mesma casa, que mora na mesma casa e na Sibéria ao mesmo tempo) e agora, depois de deixar, usando o carro do pai, Ana e sua amiga na casa da amiga de Ana, na casa da amiga de ambos, curioso como que agora, email de Ana, Ana, qualquer coisa referente a Ana parece não ter a menor importância. Ainda pensa nas pernas e no barulhinho da língua da amiga de Ana, entanto é como se as pernas e o barulhinho fossem coisas desarticuladas de uma mulher específica, como se fossem pernas de uma mulher qualquer, pernas apenas, e o barulhinho pertencesse a uma língua e a uma boca desarticuladas do resto do corpo.

Agora, em casa, deitado no sofá, girado por essas coisas num estado quase dormindo, quase dormente. Resiste ao sono, resiste aos sonhos. Não sabe por que nos sonhos tudo é tão estranho quanto na vida em vigília, nos sonhos, está tão fodido quanto acordado, nem mais, nem menos.

À noite, discutiam porque Ana:

— Não aguento mais a porra dessa sua mania de Césio, de que o câncer do Césio, você não tem merda de câncer nenhum, nem merda de câncer incubado em azuis de molécula, que merda, não aguento mais ouvir falar nisso — Ana gritando isso, logo após o gozo, Felipe ainda com a boca untada de Ana e ela já falando "na porra do Césio".

Estava mesmo obcecado, paranoico ou sabe-se lá que palavra dessas belamente científicas pode dizer como é que ele estava. Obcecado pela cor azul, pela palavra Césio, pelo nome e pela imagem da mão dilacerada de Leide das Neves. Tem sonhos com Leide. Leide das Neves e os sete anões, maçãs azuis, envenenadas, pássaros, pássaros são assustadores, se não estão mortos, Leide num quarto enfeitado de flores e bonecas, e uma mancha azul no canto da boca de Leide, sangue, muito sangue. Obcecado com a certeza de que teria câncer, de que morreria de câncer, de que já morreu de câncer. Só se convenceria da necessidade de ajuda profissional, muitos anos depois daquele setembro de 1987, numa noite em que sonhou que Deus fazia cocô, um enorme cocô azul em cima da Catedral de Goiânia, sonho ocorrido 2 ou 3 horas depois de, com a boca untada de Ana, ouvir ela dizer que não aguenta mais ouvir falar na porra do Césio e de dizer, emputecida e emputecendo-o: "Você é um merda."

— Foi aí que resolvi ir ao analista — disse logo antes de pedir à garçonete do Fran's Café. — Um cinzeiro malpassado, por favor — depois continuou dizendo ao seu amigo, G., um escritor mundialmente famoso entre algumas poucas pessoas em Goiânia. — Sabe, num dia desses, ela me deixou puto, puto é pouco. É que ela me chamou de um merda. UM merda. Se ela tivesse dito "Você é um monte de merda", "Um monte de merda" pode até ser muita merda, mas há algo de não merda no meio da muita merda. Agora, UM merda. Putz, aí já é a plenitude da merda. Ah é besteira, mas se ela tivesse dito "Você é um monte de merda", teria sido mais fácil de não dar tanto rancor, teria. Teria, tempo verbal do caralho. E eu nem sei mais o que estou falando.

G. dava respostas lacônicas a Werle, fingindo escutá-lo, quando na verdade se concentrava nas pernas cruzadas de uma loira que, possivelmente, assim que as descruzasse, mostraria algo bem mais interessante do que a sangria desatada de Werle, que prosseguia:

— Não esqueço meu amigo que foi morrer, assim, de chofre, de súbito, repentinamente, de repente ele já não era ele do jeito que ele era, o carro por trás pegou ele, ele empurrava uma bicicleta, na garupa, uma boneca de pano, ia levar para a sobrinhazinha dele, o carro arrastou ele por debaixo, tudo de uma estúpida violência, ampliada um quatrilhão de vezes pela bonequinha na garupa. Ele deixou um livro comigo que ele vinha fazendo, *Alguém está varrendo as águas*, alguém o varreu daqui. Quer dar uma olhada no livro? (G. respondeu que sim, olhos nas pernas loiras cruzadas.) Ele teria escapado se houvesse saído de casa 30 segundos antes ou depois, e então por 30 segundos seu corpo não teria colidido contra o carro do desgraçado que, sabendo ou não, saiu de casa pra varrer uma existência. Foda isso daí da morte do meu amigo (longa pausa, G. em loira epifania).

Ana é pontiaguda, sua conta é morreu – morreu = zero + a vida não acabou não. A morte é o fim sim, de quem morre.

— Deus foi passear, jogar xadrez com coisas mais sólidas do que estrelas e humanos, o mundo sempre esteve só — disse G., logo que a loira se levantou para ir embora.

— Acho que estou fumando muito, cigarro que passarinho fuma e cigarro que passarinho não fuma. Aí fico com essas noias de morte e Césio e amigo morto e irmão morto e. Vamos pedir mais uma cerveja.

Prossegue Werle:

— Cara, tem uma coisa que tem me atormentado, tenho tido uns pesadelos, com um outro amigo meu que morreu, fico lembrando da história dele. Era o Rodrigo, cara. Um sujeito que piscava pras meninas. Você ri é... É ridículo mesmo, ele piscava pras meninas, e o pior é que ele piscava e elas iam ter com ele. Queria ser assim, piscar e as meninas irem ter comigo. Deixa eu te contar a história do Rodrigo. Essas coisas te interessam?

— Conta primeiro, depois que eu vou saber, ué.

— Será que foram fabricar a cerveja? Mas, então, a história do Rodrigo. Muito bizarra. Um dia eu voltando de ônibus, e tinha o Rodrigo dentro do ônibus, primo de uma amiga minha, a Luana, a Luana é uma figura muito estranha, porque... A Luana é uma sapatona louca, muito doida, essa família toda é uma família bizarra. Aí encontrei o Rodrigo dentro do ônibus, eu não ia com a cara dele muito não, achava ele um saco!, cara, eu era muito menino, devia ter uns 15 anos, o Rodrigo tinha uns 18. E o Rodrigo, a história do Rodrigo é assim, cara. O pai dele morreu e ele herdou uma fortuna, herdou uma empresa enorme, na Vila Nova. Uma fortuna, não que fosse uma fortuna, mas era muita grana pra um cara tão novo. E aí... Acho que o pai foi assassinado. Cara, é uma história... Uma família... Cara, ele só podia ter morrido do jeito que morreu, uma coisa bizarra. Daí eu encontrei ele num ônibus e a gente veio conversando sobre música, ele era viciado em New Order, eu não gostava de New Order não. E aí a gente ficou muito amigo, cara, e ele falou que ele queria ter os discos do New Order, aí eu falei pra ele "Cara, eu sei de um lugar que tem todos os discos do New Order pra vender". Aí a gente saiu um dia e ele comprou todos, cara, comprou todos os discos do New Order. Agora, assim: nessa época, nessa época eu conhecia o *Closer*, do Joy Division, é um disco que tem a imagem de Cristo na capa, um negócio assim. E acho que eu falava pra ele: Cara, tem essa banda, era o Joy Division antes de ser o New Order, e o Ian Curtis se matou e tal. E ele, acho que ele escutou, não lembro bem, cara. Ele escutou, ele não gostou, porque é muito diferente, tem uma coisa virulenta, é meio demoníaco, é *down*. E New Order não, é um troço que às vezes é meio melancólico, mas nada virulento. O Joy Division era demoníaco, não podia dar noutra coisa, o cara, o Curtis, tinha que se matar mesmo, tinha que acabar a banda, não podia continuar. O Rodrigo também não podia continuar, apesar de gostar mais do New Order. Ele não se matou não. Mas, de qualquer forma, deu um jeito de morrer. Rápido. Acidente de carro, com ele dirigindo.

O mundo sempre esteve só. Felipe Werle é um ateu não praticante, que gosta demais da palavra inferno, que nem um personagem das *Vidas secas*, do Graciliano.

— Se eu fosse patriótico, defenderia a superioridade da língua portuguesa baseada na beleza da palavra inferno — diz Felipe.

Inferno não saber afinal de contas o que quer Ana. Ana é um continente de conteúdo invisível, até os seus olhos se recusam à fixidez de uma cor. O odor de fritura, que vem do apartamento da frente, sempre, de vez em quando, remove ele de sua condição monomaniAna.

O que mais o perturba, coisas como estarem, ele e Ana, como ontem, caminhando pela calçada, levando o cachorro de estimação dela para fazer cocô (o cachorro de estimação é um Husky Siberiano que se chama Dostoiévsky, vulgo Fiódor), ele só faz cocô se e quando levado para passear, um Husky num apartamento, imagina, é evidente que Ana já arrumou briga com o prédio inteiro, é evidente que Ana muda sempre de apartamento, só não muda o Husky, que só faz cocô se e quando levado para passear e, se por Felipe, e se e quando o sol não estiver muito forte. Então, Felipe e Ana e o Fiódor, assim, andando, e Ana lasca um:

— Gostaria de morrer de uma morte súbita, dessas sem aviso, sem preâmbulos.

— Por que falar de morte agora, Ana?

— Por que não falar? morre-se a toda hora, cada uma de nossas células, secretamente, diz sim para a morte, tudo calculado, medido por um relógio não menos secreto[17].

Witz, certa vez, durante um mês ela o chamou de Witz, afinal o nome dele é Felipe Werle, e a consequência lógica, diz ela, é que um cara chamado Felipe Werle tenha como apelido dado pela namorada "Witz". Então, lá vai, pelas calçadas de Goiânia, Fiódor indo fazer cocô, Witz e Ana. Felipe diz:

[17] Confesso, não sei se Ana fala, falou assim, mas não tenho memória de elefante, e me recuso a andar ao lado dela e do Fiódor indo fazer cocô, com um caderno de notas.

— Ana, lembra que você disse num email ou numa daquelas cartas, sei lá, você me disse que todo amor fundado no bom senso é sem esperança. Mas e os fundados no não senso também não são?

E Ana:

— Minha mãe tinha um cachorro que ela adorava, eu tinha o James, um calango. Ela, de propósito, observou imóvel o cachorro mastigando o James. O James está morto, desde os meus 10 anos.

E Felipe:

— Se Deus pelo menos estivesse morto também.

Chove enquanto Felipe Werle não pensa em outra coisa a não ser na amiga de Ana, de ambos, que fazia um barulhinho ao beber refrigerante e tal. Conhecera-a biblicamente e não há dois dias, ela só deixou por trás. Camila. Não apaixonado, pensava-a em partes, o nome era a última coisa, depois do umbigo, das coxas, dos lábios, dos olhos e dos seios. Sobretudo seios e olhos, na respectiva ordem[18].

Também há Ana nos pensamentos de Felipe enquanto chove. Está sentado no sofá de courano azul-escuro, xícara de café na mão, o corpo numa inércia de homem abstraído no e não do próprio corpo. Uma equação a ser resolvida[19].

Como de fato não consigo compor mesmo, e vou abandonar a música, rascunho dois livros. *O livro de W.*, que transcrevi o que dele já fiz acima e *As pequenas mortes*, cuja transcrição interrompi para transcrever o que já tenho de

[18] Ah, ela não tem boceta esquisita, conforme verificou-se.

[19] Por que Camila só lhe dá o cu e por que Ana se recusa a lhe dar o cu?

O livro de W. As pequenas mortes tem como tema a equação supracitada. E também trata de Césio, de Câncer, de Pai, de Mãe, de Goiânia parará-parará

Enfim, voltando ao *As pequenas mortes* — a seguir, o restante. Meu amigo G., o escritor mundialmente famoso entre algumas pessoas de Goiânia, acha que se trata do mesmo livro. Vamos ver.

[2+2 = peixe]

Camila, uma amiga em comum que eu e Ana temos, Camila é feia, feia não do tipo de doer e sim inodora, incolor, insípida, insossa e era possível ver suas veias azuis sob a pele transparente e era isso, era mesmo isso e não a bunda inverossimelmente grande e que não me permite recusar o seu cu. Ela só me deixa enfiar no cu. Sonho em comer a boceta dela, mas só há permissão para o cu, o cu nucleando a magnífica bunda geografizada por veiazinhas azuis que só de pensar nelas que fico, bem, é difícil, me concentrar. Por exemplo: se estivesse trabalhando numa composição, teria de parar e me masturbar e então voltar a compor e aquela imagem da bunda geografizada teria de ser traduzida em som e em intervalos, e é uma experiência divina sem Deus nenhum enfiar o pau no cu de Camila e sonhar com o dia em que comerei a boceta dela.

O amor é sempre outra coisa. Nunca é uma coisa limpa como minhas trepadas com Camila. Regras límpidas como sua pele transparente. Comer o cu. Abrir com as mãos a bunda, quase rasgando. Lamber o cu. Enfiar o dedo. E objetos variados. Deixar intocada a boceta. A boceta é para o namorado. Que ela ama. Com as regras obscuras do amor, claro.

O namorado de Camila se chama Cleyton, com Y e tudo. Obviamente que eu o odeio, o comedor da boceta de Camila, o fodedor da boceta de Camila. Imagino a boceta de Camila como um dos lugares de onde Deus se ausenta, o melhor dos lugares. Deus não se ausenta de todos os buracos de todos os corpos. A boceta de Camila, por não poder havê-la, imagino-a como a presença negativa de Deus, -5 Deus em minha escala absurda.

Minhas escalas são sempre absurdas. Meu cotidiano, não tenho. Nem para cheirar tenho constância. Eu não entendo no que me meto. Ana quer saber se meto na amiga dela. Ela também não tem constância. Durante um tempo, as coisas funcionaram assim com Ana: numa semana vai a uma boate qualquer, conhece qualquer pessoa, homem ou mulher, ou um homem e uma mulher, sua questão é trepar com alguém que não eu. E depois me conta que pensa em mim quando trepa com outro ou/e outra, que goza com uma intensidade maior ao pensar que está me traindo e que eu devo, naquele mesmo instante, estar comendo o cu de Camila. E fingimos que não há problema algum nisso tudo. E depois brigamos violentamente. O amor. Leis obscuras. No amor, 2 + 2 = peixe.

Ainda traio Ana quase exclusivamente com sua amiga Camila. Isso me faz mal. Mas não trepar com Camila me faria ainda mais mal. Me daria febre, infecção. Quem sabe, me tornaria usuário regular de alguma droga. Detesto regularidades. Nem sempre foi assim. Ou até foi.

Encontrar com Ana no Glória, o epicentro de toda perturbação.

Há a perturbação. Ana e meu câncer. Sei disso. Tenho certeza. Fui contaminado pelo Césio. Andava de ônibus. Como se sabe, o Césio passeou de ônibus no bolso de várias pessoas. Gabriela, tia da menina Leide das Neves, carregou pedaços da cápsula no ônibus. Carregou seu passo-preto morto contaminado também. No ônibus. E eu andava de ônibus e eu tinha amigos que moravam na rua 74 e, no fim, tenho certeza, todos morrem de câncer, o câncer é o processo natural de morte do corpo, uma célula diz não para outra célula e outra célula diz não para outra célula, e os nãos, em corrente, só terminam com o término do corpo, a dissolução suficiente para não haver coração batendo e cérebro funcionando e corpo em pulsação por entre os espaços tortos de si mesmo.

Meu irmão morreu de câncer. Os médicos dizem que não, mas é claro que foi o Césio. Toda morte natural é câncer, mas o Césio acelera a corrente de nãos, o fim do *stand by*, o Césio persuade o organismo a acelerar o tempo natural da inevitável dissolução cancerígena: 2+2 = peixe.

[Alegre a cantar]

Quase vinte anos atrás, um menino magro, tostado de tanto ficar na rua, jogando bola, alegre a cantar nenhuma viadagem nisso, por favor, 12 anos, eu parecia um etíope. Engraçado que hoje, quase nunca saio à rua sob o sol, hoje sou um branquelo azedo, quase um sueco (que me livre de ser sueco — reler *Pastoral americana*, me certificar de não estar sendo um sueco). De etíope a sueco, as coisas não melhoraram muito. Nem deviam. Nada há na vida de pastoral. Graças a Deus. O mundo está em decomposição. O mundo é um rizoma, e um rizoma é um funcionamento cancerígeno de raízes. Decomposição do que nunca foi composto. Rasura de traço nenhum.

Um menino magro, punhetando pelas meninas, bundas, peitos, coxas, bocetas no cérebro, sinapses só no pau. E a morte. E cancro. Mortes. Cancros. Cérebro povoado de bundas peitos coxas, bocetas povoadas de cancros e mortes, e morte e cancros povoados de bocetas. Se me propus a uma autobiografia, se me propus a deixar minha voz se escrever, tenho de usar os termos. Palavrões são palavras infectadas de afeto, e não poderia escrever de outra forma, sim, me justifico. Não é porque oniconsciente do meu câncer que deixei de ser humano.

Aos 12 anos, a primeira trepada[20].

Minha justificativa, Ana: "Ela amava pão com mortadela, ora bolas."

[Memória afetos, éticas, pantufas]

A MEMÓRIA É UMA COISA VIVA, as coisas não param no mesmo lugar. Os afetos não param no mesmo lugar e não deixam as coisas no mesmo lugar. Então que não se dorme mesmo quando se dorme profundamente. Só se dorme quando se

[20] Duas quadras abaixo de casa morava uma família paupérrima, com uma filha linda (apesar de opaca de tanta pobreza). Eu a convenci a me dar em troca de um pão com mortadela. Ela adorava pão com mortadela. Durante uns três meses o pão com mortadela não durava nada lá em casa.

morre. Dizer isso é velho como andar para frente, mas ainda é preciso dizer, como ainda é preciso andar para frente, e até mesmo morrer.

Ana não tem mais medo de ficar louca, se é que já teve mesmo medo de ficar louca, se é que sabe o que é estar ou não louca. Disse isso mil vezes a mil pessoas, mas é parte do seu teatro, apesar de que seu teatro é coisa que já não sei entender. Nem ela sabe mais quando está mentindo e nem mesmo se existem mentiras, assim como eu mesmo não o sei. Pronuncio as coisas e, se paro para pensar, se ando para pensar, não sei mesmo, não sei mesmo se também eu estou dizendo verdades ou mentiras, a distinção entre verdades e mentiras é coisa que, muito antigamente, já acreditei saber. Não mais. Inocência perdida. Mais uma. Preservação de ilusões poderia ser minha meta, foi minha meta, minha meta não é mais nenhuma. Isso também não é toda a verdade.

Minha meta não é não explodir, e sim explodir gradativamente. Tenho falhado nisso. O melhor que consigo são explosões de médio porte. Sexo. Sexo é muito importante. Eu, Ana. Nos damos extraordinariamente bem. Para isso, porém, precisamos de inferno. Sexo sem inferno é algo de muito mau gosto. Um gosto pelas destruições pequenas, difíceis, precisas. A excitação de destruir quem se ama. Sei que Ana pode destruir Camila. Gosto de falar assim. Como se eu estivesse fora da história. Witz.

— Meu cu não. Essa é minha ética, essa é minha perversão, ela diz. Minha única perversão autêntica, nunca dar o cu — diz Ana, e prossegue: — melhor do que pão com mortadela.

Amar Werle. Odiar Werle. Trepar com Werle. Para sempre. Sem dar o cu, mas para sempre. Esse para sempre é motor da explosão, e o regulador da explosão. Ao menos esse é o plano. Não tem funcionado muito bem. Não tão bem. Mas nada funciona tão bem. Quase nada funciona tão bem. Quase nada. A Terra ao menos mantém sua regularidade giratória, por enquanto[21].

As mulheres com quem me destruo são referência, sobretudo Ana. Agora, Camila está nessa história porque quer, isto é, dá o cu porque quer, mesmo sabendo que como o cu de Ana através, sim, através, de Camila. Ah, sim, Camila, como já disse, também só dá exclusivamente o cu para preservar a pureza de seu namoro, não trair nunca dando a mim ou a outro o templo sagrado bocetário. Imbecil. Não ela, mas o namorado.

Uma memória que anda, que fala, que cala, uma memória que destrói construindo outras coisas, memória com pele osso e carne, o corpo pelo lado de dentro e de fora. Hoje é 22 de outubro, quinta-feira, tenho de ir à faculdade de música. Não darei aula, é que inventei de voltar a estudar piano, estudar de verdade. Um compositor precisa estudar

[21] Percebo toda a minha loucura, que não é loucura, se fosse mesmo, não a nomearia. Uma loucura num sentido, assim, vejo o freio de mão solto, o carro desligado e em ponto morto e rumo ao abismo, poderia puxar o freio de mão, e não puxo. Em ponto morto. Pontos cegos. Obnubilações — que palavra mais engraçada e severa. Sem por quê.

Agora há por quê: autobiografia, a autobiografia de um homem de 33 anos. Mas, de certo modo, ainda que com o escopo (gosto muito dessa palavra escrota) autobiográfico, não deixa de ter um bom teor de inutilidade escritural. Não tenho a mínima ideia de o que fazer e o que é possível fazer com a tal autobiografia que estou aqui a escrever como se fosse o Felipe. O que o Felipe acha disso? Não acredita que vou publicar. Se eu publicar não acredita que as pessoas acreditarão. Ele mesmo vem aqui no computador e escreve uns pedaços.

Há coisas no que escrevo que comprometerão Ana e Camila e comprometerão outras tantas pessoas, caso a tal autobio escrita por outro (eu, no caso: um não Felipe, graças ao bom Deus) seja publicada. A autobio de um músico desconhecido, fodido, e com talento para se destruir com as mulheres. Melhor me destruir com as mulheres do que sem elas — posso ouvir Felipe retrucando.

piano, como um louco. Abandonei a música, vou abandonar, não sou mais um compositor, mas, como disse: faço tudo como se fosse um louco, minha vida não seria possível de outro modo, não há vida possível sem sintomas, preconceitos e sentimentos ruins em geral. Preciso voltar a fumar, o câncer é inevitável, já tenho câncer, como já disse, como digo o tempo todo para aqueles colecionadores de pantufas, os médicos.

Digo e repito sempre que depois que conheci um médico que colecionava pantufas, nunca mais consegui confiar em médico algum. Só colecionadores de pantufas para não ver o câncer que está nos corpos, corpo e câncer são quase sinônimos. No meu caso, o câncer encontrou um modo de aceleração, há Césio no meu sangue. Crianças nascem sem órgãos, com esqueletos defeituosos, isso vinte anos depois. Fingimos em Goiânia que nada acontece. Sonho muito com crianças evisceradas, que nascem sem cérebro, sem mandíbula, sem os genitais, sem orelhas. O Césio caminhou por Goiânia de ônibus e ainda circula na cidade, circula em pessoas com apodrecimento acelerado que fingem que não sabem. Todos apodrecemos mais ou menos devagar e fingimos não saber. É sempre o outro o condenado à morte. E ainda tenho que aguentar os colecionadores de pantufas, com seu suposto desdém, no fundo eles todos cagando de medo da morte, assim como tenho de aguentar os dentistas com seu hálito puro de propaganda de TV enquanto o mundo em decomposição.

Graças a Deus.

O ERRO É SUPOR QUE ELE não existe, o Canalha, o Grande Canalha. Ou que é bom. Por que haveria de ser bom não sei. Que me livre viver em um mundo criado por um Deus Bom, por um Ursinho Carinhoso. Não precisava ser tão canalha, Ele. Mas as coisas, as pessoas e mesmo Deus são tais como são e o resto é tricô e confeitaria — o que não torna dispensável esse resto. O que penso é que os ateus são os mais otimistas dos homens. Um mundo sem Deus. *Wonderful world.*

Tenho vários sonhos que me acompanham vida afora vida adentro, um que me assombra é o das gêmeas siamesas que discutem durante toda a noite, eu acordo, volto a dormir e, sei lá por que cargas-d'água, elas prosseguem discutindo qual delas comerá meus ouvidos, não as orelhas e sim os ouvidos, e qual delas comerá meus dedos. Noutras vezes, as gêmeas siamesas estão dentro do meu cérebro cantando música sertaneja, mas com as vozes iguaizinhas à da Nina Simone — não a cantora, mas uma amiga minha de infância, a quem eu chamo de Nina Simone, só porque gosto muito da Nina Simone, a cantora, e dessa minha amiga.

A coisa de fazer uma autobiografia, e não sei bem se é isso que estou fazendo, mas a coisa surgiu em análise, quer dizer, não exatamente. Fiquei sabendo que Georges Bataille afirma que ter escrito sua mais ou menos autobiografia das coisas mais estranhas que havia nele mesmo, e que isso resultou em a *História do olho*, Bataille afirma que ter escrito isso, por sugestão de seu analista "Ponha sua escrotice para fora... mas não aqui no consultório, por favor", fez de sua existência inviável uma existência possível. Então me convenci de que deveria convencer o meu analista, sem que ele percebesse, ou mesmo que ele percebesse, a me incentivar a escrever as minhas escrotices, coisa que não consegui (convencer meu analista) e que, portanto, me levou a, por minha conta e risco, escrever minhas escrotices, com o escopo de fazer da minha vida escrota uma vida, por assim dizer, exequível.

[Amor, suicídio, mãe d'Ana]

Houve um tempo em que pensei seriamente em suicídio. Achei todas as formas de suicídio meio nojentas. Além disso, se eu me matasse, iria fazer o quê? Não é chiste não, é sério. A ideia de não fazer nada me incomoda muito, ainda que eu não faça nada por dias inteiros, mas quando quero. Ana também já pensou em suicídio. Isso fica para depois. Preciso, para mim mesmo, fazer uma sinopse de minha história com Ana até aqui, com licença.

Começo de onde já comecei. Nos conhecemos quando crianças, morávamos perto. Ana se mudou para outro bairro com 10 anos e não a vi por um bom tempo. Me esqueci dela, completamente (era uma menina sem graça, quase feia, quase muda, conforme me lembrei depois que relembrei), até que ela se sentou na minha mesa no bar do Glória, no famoso após as 17h das segundas-feiras do bar do Glória, quando o chope custa a metade e o bar, com suas paredes crivadas de imagens antigas de jogos de futebol, camisetas de sabe-se quantos times, uma barafunda de coisas que, nem se acredita, torna o lugar agradável, e então o Glória se enche de homens e mulheres que vão ali paquerar ou encher a cara, ou para fazer nada, e Ana perguntou "você não se lembra mais de mim". Depois, o Sansão e Dalila e o conhecimento bíblico, quando se manda *res cogitans* às favas, e a *res extensa* de um se entende com a *res extensa* do outro.

E tudo deveria ficar assim, mas não fica. Quase tudo acontece e dá errado. Quase tudo dá errado. Soma de erros. Na música isso é bom, na vida não sei, mas é assim e se vive morrendo assim. Só se sabe o que se fez tempos depois. Não tenho arrependimento nenhum. O encontro da pessoa que se chama Ana com a pessoa que se chama Felipe, e que não por acaso sou eu, desencadeou nos dois uma potência realizadora das perversões tão bem ou mal guardadas em fantasias. Perversões endereçadas de um para outro, do outro para um. No boteco, semana passada, G. (meu amigo escritor etc.) citou isso aqui, do John Barth: "O autoconhecimento é sempre uma má notícia." Bem, mal sei avaliar o preço do alterconhecimento bíblico que travamos, ou destravamos, eu e Ana. 2+2= peixe, morar juntos, mal nos conhecendo, pois que tanto faz, ao menos evitamos algumas péssimas notícias. A lógica do amor.

O suicídio é realmente algo que me interessa. Talvez porque transforme a vida numa escolha, mas não é isso. Não se trata de ponderações, não se trata da porra da equanimidade. O suicídio simplesmente me seduz. Voltemos a Ana.

Ana tinha 17 anos. Sabem o que é ter 17 anos. Claro, todos sabem o que é ter 17 anos. Quem não sabe, não está lendo isso aqui, suponho. Ana entrou na faculdade com 16, mas logo em fevereiro fez 17. É o terceiro dia de aula, psicologia. O sol de Goiânia: o sol. Ana sentada no banco de cimento da Praça Universitária, naquele banco, o mais próximo da Biblioteca Municipal, no centro da praça. Ana, por um instante, olha direto para o sol. Depois olha para a biblioteca, depois fecha os olhos e vê uma opacidade luminosa sobre a tela escura formada pelas pálpebras fechadas. Um deus ou um demônio lhe surge nos olhos, mas, assim, do mesmo modo que uma nuvem pode ser análoga a um elefante, a mancha lhe parece um deus ou um demônio. Tudo certo. Nada fora do lugar. Não para ela. É 1992, Collor é o presidente e anda de jet ski. Ela fuma sua maconha diariamente. O pai é como o Deus de Descartes: criou um mundo e deu no pé. Não, não desapareceu. Registrou Ana, criou Ana, deu e dá dinheiro para Ana — bem mais do que o suficiente — só que tem mais com o que se preocupar, pensa Ana, bunda no banco de cimento, ainda observando o resto do Deusdemônio inscrito nos seus olhos castanhos. Mas o pai a ama, ela sabe. É um bom pai e, como tal, mantém a distância necessária. Cuida da vida dele. Foda é, era a mãe. Morreu há um ano e pouco numa comunidade esotérica perto de Brasília, e de câncer, obviamente. Logo, tudo certo agora.

Não sei muito bem ainda o que a morte da mãe fez com Ana, ou o que Ana fez com a morte de sua mãe. Não se dava lá muito bem com a mãe, nem muito mal. Dizia, diz que sua mãe é neutra, mas nunca compreendi muito bem o que ela queria, quer dizer com isso. Ela só me diz isso, não me dá a explicação da coisa. Ana é fisicamente idêntica à mãe.

As coisas, depois da morte da mãe de Ana, ganharam e permanecem com um novo peso. Há um peso em se ver o devoramento de alguém que se amodeia tanto, devoramento lento e meticuloso. Que se há, se houvesse ódio ou amor em estado puro, seria mais fácil, o problema seria pequeno demais para causar contrações nos ossos, ou, pequeno demais para algo terrível e dispendioso: procurar um analista. Sua mãe é, era capaz de, como naquele dia em que Ana tinha 12 anos, e Ana era crescidinha e já tinha seios chamativos, e um homem na rua gritou "gostosa" e a mãe de Ana a chamou de "sua puta", "sua puta, viu no que dá se vestir como uma puta", e Ana disse "é só uma blusinha de malha e... foi você mesma que me deu essa roupa", coisas assim que se inscrevem na memória, geram horror porque geradas pelo horror de cotidianas violências de, no caso de Ana, de mãe.

Coisas que não compõem um conjunto, compõem conjuntos, não fixos, a memória é feita de carne e a carne é uma coisa inquieta, inquietante. "Você não é minha filha" é uma frase com unhas, unhas enterradas na carne macia do coração e o coração é um órgão que se estende por todo o corpo entrelaçado ao cérebro. O corpo por dentro é quase que coração e cérebro, com suas substâncias tão macias quanto uma palavra de uma língua morta. Excessos, o corpo é um excesso em relação às palavras. Fujo de mim, de minha cerebralização sobre o ao redor. A música é cerebralização sem conteúdo, a música me tira um pouco da fadiga, mas inocula outra, outra fadiga, a de manejar pedaços de sons como se manejasse pedaços de corpos, como se pedaços de corpos estivessem a carcomer o que penso, o que penso que sou. Um músico, um homem.

Às vezes a música toma completamente meus afetos e Ana como que fica em reserva em meu mundo mental em meu corpo. Depois esqueço a música e esqueço Ana e penso sem parar, sem parar penso em minha morte e penso sem parar, sem parar penso que sou uma caveira encordoada de nervuras e carne e a lenta decomposição que é viver, a lenta decomposição que é morrer enquanto se olha para um prato ou se insere, você, no corpo de uma mulher.

Escrevo de dentro de meu quarto no hotel, contei que moro num hotel? Estou enfiado aqui. Saio para dar minhas aulas, o governo me paga para dizer coisas esquisitas, e o dinheiro que o governo me paga para dizer coisas esquisitas me permite compor coisas esquisitas com nomes esquisitos como *A voz de um corpo despedaçado*. De repente, uma enorme sensação de à vontade. Posso escrever o que bem entender, e o que eu não entender, posso escrever incompreensões. Pagar um analista porra nenhuma, ou melhor, pagar sim, mas sem cessar de escrever, até que me esvazie de palavras, até que não me identifique mais com palavra alguma.

Decidi enfrentar a memória, entrá-la em sua aparente desordem.

Uma coisa que me ocupa. Assim. Há uma aluna da turma de composição que me provoca convulsão nos ossos. Não gosto dela, ou até gosto. Tenho sonhado com ela, tido febre. Tenho emprestado livros a ela. Ontem emprestei o *Breviário da decomposição*. Ela finge que lê e eu finjo que acredito que ela lê. E ela me fala de conteúdos que absolutamente não estão lá, e ela sabe que eu não a escuto, que eu posso sustentar uma conversa sem nada escutar, sendo só olhos para o corpo dela e tudo o que ela quer é que eu seja olhos para o corpo dela, posso nada escutar e manter a conversa com respostas fáticas (aprendi com G.), e ela sabe disso, e porque sabe disso prossegue dizendo coisas que não estão no livro e goza com o fato de fingirmos juntos essa espécie de orgasmo linguístico que fingimos ser comunicação.

A música me contou que as palavras têm uma energia, uma física. As palavras são forjadas no corpo e retornam ao corpo perfazendo um arco-íris invisível, um arco-íris sonoro. Musicar as palavras. Quando um homem fala, a música me contou, sua matéria penetra o corpo da mulher a quem ele fala, e não somente pelos ouvidos, mas por todos os orifícios do corpo, incluindo os micro-orifícios poros, e há um resto do som da fala que não penetrando o corpo, imanta a pele feminina de um som espalhado que se mistura à física do olhar daquele mesmo homem que fala, voz e olhar imantam a pele da mulher que escuta e que se permite imantar-se porque deseja imantar-se de ser objeto de desejo daquele mesmo homem que fala e olha, que folheia com olhos e boca os olhos e a boca da mulher que se deixa imantar como folha que não se fala e não se olha mais e que sim se maneja com a temperatura da pele daquele mesmo homem que folheado da (e não pela) mulher, do corpo da mulher, todo se desdobra para que o corpo da mulher se abra para o seu corpo de homem que fala e olha e folheia e se desdobra, tudo causado pela mulher que, a princípio, nada fala, nada olha, nada folheia e, muito menos, se desdobra.

A mãe de Ana morreu de câncer. Meu irmão morreu de câncer. Já falei sobre meu irmão e sua morte, mas não como devia. Meu irmão era um cara com quem eu não tinha muitas afinidades. Era um cara nem bom nem mau, isto é, de carne e osso, um cara que, ao contrário de mim, sabia o que queria, sabia resolver as coisas e *estava no mundo, quase como o peixe está na água.* Eu sou um peixe que sequer sabe o que é água, um peixe que se afoga se souber que está na água, um peixe tosco no que se refere à qualidade de ser, justamente, peixe. O fantasma do meu irmão agora me constitui mais do que a crise econômica mundial ou do que esse cheiro de café que, da casa do vizinho, chega às minhas narinas.

Uma administração fantasmática. Eu me entupo de antidepressivos para a administração fantasmática. E a música resulta de que a administração fantasmática é tão administrável quanto um corpo metastaseado, com suas cidades desconfiguradas, geografia de pré-mundo, a matéria se desfazendo de sua consciência articulada a olhos grudados em corpo deitado na cama, no quarto, olhando o teto com uma mancha amarelenta, *trompe-l'oeil* que me faz capturar a imagem de um rosto triangular de mulher com cabelos curtos como os de Ana, isso misturado ao café comunicando-se com minhas narinas e produzindo um desejo de ligar a máquina do juízo final, que é como eu chamo a minha cafeteira que ganhei de Camila, porque ela sabe que sou movido a cafeína e que fico perturbado se sinto cheiro de café e não posso fazer café porque tenho muita preguiça de fazer café se não houver uma máquina do juízo final à disposição, em síntese, porque ela, Camila, sabe que sou um preguiçoso fanático por café.

E há a coisa com meu pai. Meu pai cujas paranoia e hipocondria podem ser escutadas circulando por sob a pele como se se pudesse escutar a circulação sanguínea. Meu pai é um louco, um louco sem vínculo com ele mesmo. Dele herdei que o meu corpo é, para mim, um abismo — abismo de pássaros, eu diria se fosse Messiaen. De um fragmento a outro da memória, sem descanso, uma tentativa de inaugurar um olhar que me permita odiá-lo menos por ser um parasita de si mesmo e de ter me dado sua doença como uma mãe dá leite ao filho — uma dádiva, um dom. A loucura do meu pai tem, em mim, uma força física.

Os fantasmas. Um pai morto possui toda a potência sobre sua minha rede neuronal que um pai vivo sequer sonhou, ou somente sonhou — isso me assusta, meu pai ainda morrerá. Um irmão morto se torna integrante de sua rede neuronal, não a domina, mas desvia o curso dos pensamentos, produzindo diálogos involuntários entre o que você chama de eu e o que você chama de ele. Uma mulher, se você a abandona, talvez se torne sua própria rede neuronal, sua pele neuronal, de modo que um pai morto volta a ser apenas o efeito de pequenos remorsos de filho, ou coisa mínima e parecida[22].

Chego mesmo a pensar que Deus é: nossos fantasmas — apesar de que, claro, não creio em Deus, o Grande Canalha é que não larga do meu pé.

Faço análise há tanto tempo que muitos me dizem que eu deveria ser analista, quando, na verdade, eu jamais poderia ser analista. Isso por uma razão muito simples: eu comeria as pacientes bonitas, usaria da transferência sempre que possível para comer as meninas bonitas. Então, como sou um canalha ético e com "c" minúsculo, não vou ser analista. Jamais. Fiquemos assim: que o governo deposite todo mês grana na minha conta para eu dizer coisas esquisitas, dar aulas esquisitas, compor coisas esquisitas e, agora, escrever coisas esquisitas também, enfim, que o governo me pague para ser esquisito e as coisas estão de bom tamanho para mim.

Uma coisa com essa história de escrever um livro, uma autobiografia, é que não paro de pensar na estrutura, em

[22] Não esquecer: *se* pai morto, *então* abandonar Ana.

qual deve ser a estrutura. Uma estrutura é algo com bordas seguidas de níveis intermediários, gradativamente aproximando do centro, uma estrutura tem um centro, um fundamento. Uma estrutura tem o lugar certo de entrar e o lugar certo de sair e o encadeamento adequado e lógico de caminhos. Naquilo que de mais esquisito eu componho, há uma estrutura das mais rigorosas. Claro que, como se sabe, o rigor lógico elevado às últimas potências pode levar a uma impressão de caos, senão de caos, pelo menos de uma boa dosagem de aleatoriedade. Queria, por vezes, escapar um tanto disso, mas sou louco e eu não sou o primeiro a dizer que a loucura é um ensaio de rigor.

[Inventário de fantasmas]

Rodrigo chegou ao hotel logo pela manhã, no pequeno hotel da minha família, onde moro. Moro, moramos, eu e Ana, num quarto aos fundos do corredor de entrada e, ainda fazia a barba, quando ele bateu à porta do quarto dizendo "Sou eu o Rodrigo". Abri a porta, vestido de um roupão (que, por favor, não era amarelo, nem eu sou homem de *Introibos Ad Altares Deis*), trazendo não mão uma tigela com espuma para barbear, o rosto só com o lado esquerdo barbeado. Normalmente acordo mal-humorado, sobretudo se alguém fala comigo antes do meu ritual matinal, que inclui fazer a barba, quando necessário. Sonho isso algumas vezes, repetidamente, com variantes mínimas. Rodrigo é um fantasma persistente. Em vida, piscava para as meninas, e isso bastava — ridículo que ele piscasse para as meninas, ridículo que elas piscassem de volta e isso tudo acabasse em cama, é o que eu pensava na época em que não comia ninguém. Rodrigo gostava de dançar e de New Order, eu gostava de ouvir Joy Division e Beethoven e de não dançar.

Rodrigo é o mais persistente dentre os meus fantasmas que assombram palavras e afetos que sou. Um dentre outros amigos varridos por e num acidente. Meu cigarro está acabando. Mas, então, a história do Rodrigo. Muito bizarra.

Ainda ouço Joy Division, "Love will tear us apart", o amor é um multiplicador de problemas. Como diz um outro amigo, esse vivo, mas não menos fantasmático: "Deus é amor, mas o amor só traz problemas."

O meu irmão é outro fantasma. Os fantasmas primeiro são meio sólidos e distantes (não te dão a mínima), atravessam, no máximo, paredes, portas e tal. Somente aos poucos ficam rarefeitos e próximos, e passam a ter o poder de atravessar crânios a fim de perambular pela substância macia do cérebro. Converso com meu irmão em vários momentos do dia e da noite, acordado e em sonhos. Mas não quero me deter nisso, nem na morte do Rodrigo, nem na morte de Camila que já, oficialmente, começou. Descubro que autobiografar-me é uma experiência com a ignorância sobre a própria história, uma vez que a memória sabe contar histórias, algumas, algumas até são projetadas em telas, um filme editado por um cara com Alzheimer, em estado menos ou mais avançado. Não se trata mesmo de um interesse por metaficção, antes, o interesse é por metaficcionar-me. Registrar a construção de algo que eu possa chamar de minha história e tomar uma distância disso.

Uma coisa que não disse ainda (não disse, disse?): estou sempre entupido de antidepressivos, ansiolíticos e cia. No momento uso, por dia, 50 mg de cloridrato de paroxetina, 300 mg de cloridrato de bupropiona e 4 mg (pelo menos) de clonazepam e, como disse, faço sessões de análise duas ou três vezes por semana. Isso tudo me torna, como escreveu Bataille, um ser humano possível. Meu psiquiatra é um místico, encontrou na ciência um suporte para sua crença no Destino: DNA. O DNA é o omphalos do seu mundo. Nada de Delfos, a coisa está toda, o céu e o inferno, hecatombes e beijinhos, holocaustos e pombos, pombos e o Espírito Santo, Espírito Santo e a decisão de colecionar pantufas, tudo se explica pelo DNA, *maktub*.

O Rodrigo não era depressivo, nem um transtornado bipolar (talvez porque não tenha ido a um psiquiatra) — e se matou. Sim, eu menti, não foi um acidente, enfiou o carro num poste, na rodovia que liga Goiânia a Brasília.

Porei sobre vós o terror, a tísica e a febre ardente, que consumirão os olhos e farão definhar a vida; em vão semeareis a vossa semente, pois os vossos inimigos a comerão.

e fugireis sem que ninguém vos persiga.

Se nem ainda com isto me ouvirdes

vos farei o céu como ferro e a terra como bronze, e a terra se reajuntará ao azul do céu e o azul do céu desmembrará as vossas vísceras

Em vão se gastará a vossa força, pois vossos corpos dirão não aos vossos corpos

Ora, se andardes contrariamente para comigo, e não me quiserdes ouvir, trarei sobre vós pragas sete vezes mais, conforme os vossos pecados.

vos reduzirão a pequeno número; e os vossos caminhos se tornarão desertos.

Prefiro enfrentar os desertos, Felipe, você sabe disso. Sei, Ana. O câncer de Camila está confirmado. Camila me lembra aquela personagem de *A história do olho*, aquela que se masturba em silêncio dentro de um guarda-roupa, Simone (sem Nina). Câncer no seio. Todos morrem de câncer, Camila, e você sabe, tem o Césio[23].

Pensamos sentimos muitas coisas repugnantes que, se saíssemos dizendo aos outros, ninguém falaria com ninguém. O deserto, no caso, agora, era a iminência da morte por meio de Camila. Sei que ninguém entende isso, Camila não é o vértice do triângulo, e sim um ponto intermediário, um mecanismo de articulação que torna possível o amor entre a coisa-eu e Ana, algo que incendeia e aplaca o inferno entre — assim como, soube que para as touradas os touros são colocados em currais com alguns bois mais frágeis, para que não se destruam uns aos outros, concentrando sua fúria (deles, touros) nos bois (essa nem foi para o rodapé, estou ficando corajoso).

Quase tão desértico quanto o meu estado e o estado de Ana sob o impacto da quase morte de Camila é a avenida Anhanguera, centro de Goiânia. Caminhando por lá, lugar que chamo de sucursal do inferno, penso que já sabia do câncer de Camila, que sei de todos os cânceres, que só não sei quando o câncer deixa o purgatório do corpo e desdobra-se em inferno, em multiplicidade, em excesso de corpo roendo o corpo, acelerando o apodrecimento até que o tempo imperceptível do apodrecimento perca a invisibilidade mantida, até certo momento, pela extrema lentidão de seu avanço.

[23] É repugnante dizer isso, mas a primeira coisa que pensei quando soube que Camila estava com câncer foi "agora ela me dá a boceta".

Fantasmas atualizados. Rodrigo e sua morte antiga. Camila e sua novíssima morte, sua nem morte ainda. Mas o câncer é outro nome da morte, e a vida, essa também, outro nome da morte. Mas a vida sem câncer diagnosticado é outra coisa, para muitos. Para muitos dói menos. Para mim, dói mais, o meu câncer não diagnosticado, trabalhando no anonimato. Mas não é assim, exatamente. Não vou mentir o meu apego à vida, o (mau) gosto de andar pela avenida Anhanguera, sentindo o seu sol malcheiroso, e aquelas peles malcheirosas, e todo o cheiro daquela, desta avenida cariada, e a gordura entrando-me pelas narinas, e tudo isso me lembra a adolescência, período mais eremita de minha vida. Tenho Ana e isso é uma ponte para o mundo, digo vida eremita porque o meu câncer, não posso dividir minha certeza dele com ninguém, a não ser com o irmão morto, com quem falo várias vezes ao dia e à noite. Eremita também porque compor é eremita, componho o meu câncer, minha música é cancerígena, basta escutar *A voz de um corpo despedaçado*, *Ferragista amarela*, basta isso para experimentar o câncer sonoro, as articulações cancerígenas do som, dos sons, da matéria sonora que a pele e os outros órgãos emitem e contêm e modulam.

A música e o câncer, a música e o meu corpo, a música a partir do corpo desarticulando-se em sons articulados de câncer não diagnosticado e que, nem por isso, deixará de matar. O que mata não precisa de nome para matar.

O tempo. A música é uma estratégia de colocar o tempo sob algum tipo de domínio, ou a ilusão de, pelo menos. A ciência onipresente do tempo mata com a eficácia de um veneno inoculado em porções e intervalos exatos para uma morte na velocidade do pesadelo.

Preciso da velocidade do pesadelo. Estou do lado das pessoas que sabem de sua morte, da onipresença disso que instaura o mecanismo da velocidade do pesadelo, e tal mecanismo deveria diminuir a intensidade da vida e tornar mais palatável a morte. Porém, nada disso ocorre, além do que, o horror da morte é o que possibilita, a mim, minimamente, lidar com a matéria dos dias. Se duvidarmos da morte, como poderemos suportar nossas vidinhas?

Felipe Werle — eu, portanto — durante o casamento oficial[24] com Ana, Felipe Werle foi ortodoxo católico arcaico, como diz a canção, catolaico, devoto de Santa Ana, da boceta dela, só isso, e o que mais? Boceta, sim, boceta mesmo, Werle amava muitas coisas em Ana, mas nada igual. Simplesmente. Sonhava com a boceta de Ana, e a boceta de Ana era uma concha acústica que lhe desabava as defesas e lhe abria fendas de angústia. A felicidade de um homem como eu está no entre as pernas.

De Ana.

Muitas obsessões, Ana Pai Césio Música no centro. O pai, louco, santo, terrorista das pequenas coisas, doente, o pai e seu corpo, suas doenças seus gozos, suas caixas de remédios. Pensa, deitado no sofá de couro marrom, com umas ranhuras e rachaduras aqui e ali. Pensa em Ana, nas trepadas, pensa muito nos sons das trepadas, os gemidos descompassados e de dentro para dentro, a carne molhada que se mistura a pensamentos cancerígenos.

Levanta-se, vai à cozinha, sacode a térmica azul. Ainda um pouco de café, nem frio nem quente, como costumam

[24] Que durou dois meses. Nos separamos por uns dias, depois, oficialmente separados, mas morando juntos, e assim estamos.

ser as coisas nem muito novas nem muito antigas no casebre da memória. Entre pensamentos, o "os casais se merecem" ressoa numa voz neutra e prenunciativa, voz ouvida e registrada fora de tempo e lugar.

"Cara de ameba assustada", conforme Ana definira sua (dele Felipe) cara algumas vezes, nas milhares de vezes que discutiam: porque Ana não aguentava:

— Não aguento mais essa merda de mania de Césio, de que o câncer do Césio, você não tem merda de câncer nenhum, nem merda de câncer incubado em azuis de molécula, não aguento mais ouvir falar dessa merda, disso — Ana gritando isso, logo após o gozo, Felipe ainda com a boca untada de Ana e já falando "na porra do Césio".

Uma semana depois, na mesma casa, Ana já estava de saco cheio da porra daquela história de Césio, "meu câncer", médico, exames, explicações sobre peças musicais que Felipe dava e que mais pareciam descrições de carnificina.

Felipe tem 1,87m e passos largos e pausados. Ana é, sobretudo, seus olhos cheios de orações intercaladas, longos períodos, um timbre rouco nos olhos, que a voz, esta seria de um puro som, se puros sons existissem fora de sintetizadores ou de sonhos. Felipe abre um livro de Herberto Helder e copia estes versos: "Na memória mais antiga a direção da morte / é a mesma do amor."

Felipe é um músico, e só. É cético, e acredita em prenúncios. Escreve porque começou fazer análise. Começou fazer análise para descobrir que é um músico e só. E agora escreve porque a análise o perturba, deslocando-o para o começo ou o fim de alguma coisa.

Ana é uma louca e só. É o que ela diz de si mesma. Para seu próprio pai, Ana se finge de louca. Para sua própria mãe, agora morta, o pai é um perverso. Werle e Ana se conheceram no Glória, e Ana era sua boca fusionada a olhos de Werle e tudo um som nas vértebras dele, um som que percorre o seu corpo e lhe provoca uma ereção. Dali a pouco, trepavam como loucos, pois que loucos eram, são. Trepam como loucos. Depois, moram três anos juntos. No dia em que completaram, exatamente, três anos que treparam após se encontrarem no Glória e decidirem morar juntos, porque foi assim, no mesmo dia do Glória decidiram morar juntos e, com certa regularidade, Werle acorda e encontra uma carta de Ana ao lado. A primeira frase, sempre assim: "Fui para a Sibéria, só pelo prazer da distância."

Sim, diz ao analista, a primeira frase é essa, "Fui para a Sibéria, só pelo prazer da distância". Nosso casamento, bom, depois falo disso. Hoje cedo, acordei e isso, a carta, ela diz lá que foi pra algum lugar, que não ia me dizer, que não ia dizer a ninguém, o pai dela fode com ela, metaforicamente, ou, nem tanto, ele ferra com ela, isso, e ela, sempre que pode, ferra com ele também, mas deixando de lado as ferrações, ele deu muito dinheiro a ela, imóveis, ela pode ir para onde quiser, e acho que é isso que ele queria, que ela fosse para onde quisesse, desde que longe. Tivesse mesmo ido para a Sibéria, ele estaria soltando foguetes. E acho que a essa altura é só isso mesmo que ela quer, só isso que ela quer, nessa altura, dele, do pai, o dinheiro que lhe cabe, que lhe coube, a ela, é isso, e agora ela está num lugar que não sei, vai ficar por lá me mandando um punhado de email quebra-cabeça. Eu? Não, não tenho grandes problemas com o pai dela não, o Sr. Anselmo, tranquilo. Sei que ele é um filho da puta, que ele me acha um filho da puta, "Somos filhos da puta que nos respeitamos", um dia ele disse — tem base um cara desses. O pai é um perverso, tem muito, muito dinheiro, herdado de família, é médico, mas não é nenhum ignorante, pelo menos não quando algo lhe interessa. Ana diz que ele é um ignorante quanto a ela. Ele diz que o que ferrou tudo foi a mãe (morta) de Ana. Exatamente essa a palavra que ele usou. Certa vez Ana me disse assim: "Tenho um pai perverso e uma mãe louca, tem hora que gente boa, tem hora que uma demônia, e louca, louca com experiência comprovada em carteira."

Felipe Werle. Músico. Felipe é músico e inventa e repete frases. A vida depende de suas construções. "Tudo é uma construção, mas mesmo assim dói." E suas construções são carnificinas sonoras.

Tornamo-nos amigos há cerca de oito anos, ou menos, ou mais, pouco importa, e de imediato soube: deveria/queria escrever a biografia (a ideia de me fingir de ele é que veio depois) desse músico desconhecido (todos os músicos são desconhecidos, diz ele), 33 anos, como Cristo no ano de Seu corpo em fuga (33 anos é mesmo número sugestivo para quem se diz ateu não praticante), obcecado, repito, por música, por mulheres (por bocetas, ele diria, pela boceta de Ana, sobretudo, ele diria) e (não sei se um sobretudo, aqui, seria adequado) pela ideia de que fora contaminado pelo Césio 137, naquele ano em que Goiânia esteve entranhada de um azul que não se vê. Então: música, amor e morte — a sua morte cancerígena. Felipe pensa obsessivamente mesmo em Césio e bocetas. Nele há constelações de outras obsessões, todas tendo por matriz estas duas: Césio e bocetas.

Outra obsessão: o pai.

Disse à minha mãe, com todas as letras necessárias, que odeio meu pai. Depois, um riso e um complemento, um de meus axiomas: "Sempre se odeia o pai. O mundo odeia o pai."

Césio e morte e boceta e pai e suspensão-imersão na angústia — sinonímias. Talvez nem tanto a morte, mas uma ideia de apodrecimento, de que a carne está apodrecendo, ainda que num ritmo quase imperceptível, a forte impressão de que se apodrece lentamente. Pensa, por vezes, que escuta os nanorruídos do corpo apodrecendo. Werle tem certeza de que tem câncer, de que foi contaminado pelo Césio, ainda que os exames digam que não, ainda que os médicos digam que não. E ele sabe que precisa de pequenas doses de paranoia para sobreviver, que precisa de pequenas mortes para sobreviver. Sabe ainda que as pequenas mortes se infiltram nos recônditos, e que de lá podem governar mundos.

Eu aqui, perdido em alterautobiografar, ruminando um início, ou um fim. Uma forma.

A mente em caos para organizar a fuga.

Ensaios para livros. Devo escrever, uma vez que sou da estirpe dos falsos suicidas.

Aos poucos estabeleço em texto coisas que me assombram. Por isso, e só assim me parece possível: anotações onímodas e onitemáticas. Nessa biografia, por vezes, pouco mais fiz que formatar, articular, estabelecer fantasmas em texto.

E quando acresci algo, ou quando assumi o tom de narrador, o esforço foi o de manter o texto na dicção de Felipe. Não se fala da vida de Werle sem se falar de Ana, sem se falar que há um inferno inteirinho entre eles, naquilo que chamam de amor.

Quando se ama, muda-se de discurso. Muda-se.

Tenho de confessar, se soubesse que teria de biografar a vida de Felipe Werle, a razão é simples, Werle é muito parecido comigo, apesar de muito diferente. É muito parecido no que compartilhamos os mesmos fiapos metafísicos: tudo está fodido, somos desarranjados, desarticulados, só constituímos laço social pela forma mais difícil: como Deus, criar, *con*formar-se à própria solidão.

Anexo
ANOTAÇÕES PARA O DISCURSO DA CERIMÔNIA DE PREMIAÇÃO DO ARS ELETRONIC

Nasci em uma família relativamente pobre e, em minha casa, um livro deixado sobre a mesa, ainda que pornográfico, lá ficaria, sem despertar o menor interesse. Meu pai se orgulha de ter lido dois livros em toda sua vida — um deles, claro, a Bíblia. O melhor dia da minha infância, um dia inteiro chuva, o piano chegando em casa, o piano que o pai comprou para si mesmo, um teclado eletrônico, na verdade. Ele sem talento nenhum, e aquelas teclas pertencentes aos meus dedos, soube disso no instante em que a espaçonave sonora entrou em minha casa.

Fui uma criança triste. Uma criança triste e metralhada por um turbilhão de fantasias. Com mulheres. O corpo das mulheres. Não me lembro de mim sem bunda e seios e coxas e umbigos femininos transitando dentro do meu crânio. Desde menino, desde uns 5 anos. E a brancura da pele. Sempre auscultei a brancura feminina, as mulheres muito, muito brancas.

Lembro-me daquele dia que meu irmão me levou a um clube, eu devia ter uns 9 ou 10 anos, não tenho ideia, havia lá uma mulher, acho que casada, estava acompanhada de um homem, estava com um fio dental de oncinha (pode? Pode.), tinha uma bunda inverossímil, não esqueço a bunda daquela mulher, tive uma ereção descomunal (uma ereção não é sempre descomunal? Não, não é. Certo.), não sabia ainda me masturbar (o que evitaria o estado febril), não esqueço o olhar e o sorriso da mulher quando percebeu que eu, meniníssimo, estava quase ejaculando pelos olhos. Esse mesmo sorriso de quem me flagra em desejo se repetiu quando eu fazia um curso de informática. Havia na sala que eu estudava uma moça loira e de olhos claros, não lembro o nome, era muito bonita, talvez não tivesse o corpo da moda, me lembro que não tinha o corpo da moda, sem nenhum excesso ou falha, tinha era sim um belo corpo, me lembro que um dia, indo juntos, eu e ela, para o ponto de ônibus, de algum modo, sem que eu dissesse, ela percebeu meu fascínio por ela, e sorriu como a mulher de fio dental de oncinha, parecido ela sorriu, mas o sorriso da mulher de fio dental de oncinha era mais sexual, e da loira de olhos azuis e corpo que não o da moda, mas muito gostosa (e, claro, de pele branquinha), o riso dela era mais amoroso, aí estou eu naquilo que Freud apontou de os homens, reis do clichê que somos, obsessivos que somos, dividirem as mulheres em putas e santas — devem ser estas, então, a puta e a santa matrizes de meu psiquismo esquizoide.

Nasci em Goiânia, no ano de 1975, logo após meu pai ter perdido todas as suas terras. Ele e minha mãe vieram para Goiânia a fim de tentar alguma coisa. Alguma coisa conseguiram: gerar um menino encaracolado, tautológico, eu girando em torno de medos implantados pela família. A família, que a extrema redundância seja perdoada, me familiarizando com o familiar, e só. A família me ensinando que o destino se chama religião e DNA. E, depois do Césio, em 1987, o pai me ensinou que aquele azul invisível estava inscrito nas vísceras dos Werle. Onde havia Deus, agora há o Césio. Aleluia!

Estou escrevendo uns livros agora, agora que vou abandonar a música. Agora trabalho em *A metafísica das bocetas*, ou *O livro de W.*, ou *As pequenas mortes*, ainda não decidi o título.

Preciso falar de Ana e da minha cidade. Ana gosta de caminhar pelas ruas do centro, ruas tumultuadas, a parafernália de vozes e cheiros e pernas, as frituras e o gás carbônico, as pessoas de olhar encardido. Também gosto disso. Nunca vamos juntos. Somos parecidos em algumas outras coisas: pensamos que o lugar ideal para a solidão necessária é ali, no meio daquela avenida Anhanguera, sucursal do sol, a intrincada barafunda dos rumores, lugar ideal para a construção de um silêncio próprio, de onde se pode tomar distância do turbilhão da vida, pensar-se, intuitivamente, deixando-se levar, pernas e linguagem seguindo o fluxo. Mas abismos são as coisas mais inevitáveis neste mundo — e noutros, se existirem. Caminhar por essa avenida infernal, um alívio, talvez. Brigamos, sim, brigamos, hoje, ontem: brigamos amanhã, isso, brigamos amanhã, também. É tudo junto, o inferno é uma coisa complexa, o melhor do paraíso não está no paraíso, está no inferno, há uma coincidência entre o núcleo do paraíso e o núcleo do inferno. Bem que esta avenida poderia ser, ao menos, um núcleo do inferno.

Penso sobre o núcleo do inferno da infância, sobre como a criança quer viver, mas é morta, e é bom que assim seja, penso em como foi difícil matar a criança, em como a criança tomava conta dele, de mim, toda aquela maquinaria mitológica que pai e mãe me enraizaram, nem me lembro de como ou quando descobri que as peças da maquinaria eram feitas de nuvem, e que os alicerces do que me fazia ser o que eu era, viver sem muito embate com a morte e outras inevitabilidades, com outras insuportabilidades, os alicerces eram nuvem e névoa e, então, a maquinaria cai, e me descubro mortal. Não nasci mortal, ninguém nasce mortal, nos tornamos mortais. Acontece quando as maquinarias caem, enferrujam, mostram sua estrutura real (de bolha de sabão).

Lembro-me e essa lembrança se quer escrita repetidas vezes, eu, ali, aos 12 ou 13 anos, no subsolo do hospital, diante da avó morta. A avó, que parecia, ao menino-eu, imune ao adjetivo "morta", apesar das muitas doenças dela, do um olho cego, da biocronologia quase secular. Não nascemos mortais, e a mutação pela linguagem, essa que aí está todo dia nos resvalando no ósseo da realidade, a linguagem nos engoda e nos acorda, e pinta a brisa fosca da infância no branco em carne viva da angústia.

Sou um neurótico, um louco, as duas coisas. Até as minhas moléculas estão em desacordo, até elas dizem não umas às outras. Tomo café sempre às 7:35h da manhã, só isso e é preciso dizer mais o quê? Alguém que, ainda que tenha o dia livre, acorda às 7:30h para preparar uma xícara que seja de café às 7:35h, e depois pode até voltar a dormir. Sou assim, cheio de redobras emboloradas, mesmo que um sol, ao mesmo tempo, pulse por dentro.

Deus nenhum me salvará de ser a coisa que sou. Sim, mudaria de vida: não mais duas carteiras de cigarros ao dia, apenas uma, por exemplo. Apenas uma carteira de cigarros por dia. No entanto, beberia mais uísque, não muito, um pouco mais. Para um músico, para um músico bergmaniano, apelidado por Ana de Witz, são mudanças suficientes.

Penso que domingo poderia se chamar sjfkdjsa, mas se chama domingo. Vou ao analista domingo, devo ser a única pessoa que vai ao analista domingo. Domingo tem cheiro de consultório.

Meu outro analista são os livros que leio e que, agora, escrevo. Este nem sei quê que escrevo, que tento escrever, que não seja um livro, mas que talvez se chame *O livro de*

W, ou *As pequenas mortes*, ou, simplesmente, *A metafísica das bocetas*.

Folhas e folhas de agendas, de cadernos, textos de emails não enviados, escrevo coisas pessoais. Coisas. Mas não sem uma certa pretensão literária. Ana escreve epitáfios. Ana adora escrever epitáfios. Um que me lembro: "Ser menos Ana para morrer menos." Outro: "Aqui jaz alguém que não suporta o vagar da vida e o tédio da morte."

O tédio da morte, o tédio da vida. Ainda não desisti de categorizar as coisas, de nomear o que não tem nome, nunca desistirei, Ana, nunca desistirei de levar o Fiódor para o cocô matinal e ao mesmo tempo pensar que isso é maquiagem maquiando tanto quanto escrever um livro ou construir um tratado sobre o silêncio ou inaugurar uma biblioteca ou amar o próximo do jeito que for possível. Dizem que, no dia da morte de quem morre, antes de morrer, a morte se inscreve, se antecipa na consciência, na forma de uma felicidade nunca sentida, algo como o sentimento oceânico que tanto irritava o doutor Sig (é assim que Ana chama o meu analista, às vezes o chama de Freud: — Que dia você vai no Freud?).

Vou no Freud e fico a falar de meu pai e as portas, um enorme prazer em trancar as portas, em fechar tudo, em fechar. Fechado em feixes de afetos entre enfiados pulsando dentro e fora do crânio (isso é um fragmento ideia para texto de uma composição, porque talvez volte a compor. Decidi compartilhar isso).

Ana diz que vive com a cabeça na Sibéria e, sabe-se lá onde é e o que é a Sibéria de Ana. Uma angústia? Um arco-íris noturno? Não faço ideia.

Tudo bem, associar livremente. Aberturas, aperturas, estruturas, abertura de novo, pernas abertas. Tudo bem, mas isso não interessa não, quer dizer, interessa muito, mas não é disso que devo falar agora. Gosto de filosofia de boteco e de música que não se toca em boteco, música de amador é o que mais se faz por aí. Amador, engraçada essa palavra.

Gosto também de literatura, queria ler *Doutor Fausto* em alemão, mas alemão é uma língua com engrenagens demais no som, gosto das palavras líquidas. Mas isso também é uma mentira, o português não é tão líquido, que bobagem eu aqui nessa teoria sobre a liquidez das letras.

Escrevo histórias. Quer dizer, todo dia. Escrevo minhas histórias, de longe. Não me envolvo muito comigo. Não vale a pena. Quando criança, visitava cemitérios e não falava sequer com os mortos. Eu não confiaria num cara assim — assim como eu, não assim como um morto.

Ana é um cômodo. Ana é a mulher que inferna meus parágrafos. A mulher exata. Minha morte. É um nome, um veneno necessário para a fornalha-corpo, eu e minha miséria.

Moramos juntos, eu e Ana, é tudo muito bom e é tudo muito ruim e não brinco de paradoxos, é que é mesmo assim. Do modo possível de ser as coisas quando se trata de amor. Tento equacionar, mas quando me apaixonei por ela, um desarranjo. Escrevo minhas histórias. Com honestidade, a possível, pois mentir é um talento meu e das palavras, daí junta-se um talento ao outro. O corpo branco de Ana, isso está impresso em meu corpo, em minha alma e em que caralho de sei lá mais o que eu sou.

Até os 12 anos, mais ou menos, fui um Glenn Gould. Um Glenn Gould que não tocava piano. É o pior que pode acontecer a uma pessoa, ser um Glenn Gould que não toca piano. Eu queria ser um escritor aos 15. Mas a coisa com o som, minha questão com o mundo sonoro vem de antes. Uma coisa com a voz feminina. Uma coisa. Lembro-me de ouvir o barulho da feira hippie sendo desmontada, os metais. O horror dos metais tão perturbadores quanto a garganta de uma mulher. Voz metálica feminina. A voz feminina, o cromatismo dos metais. A obsessão por bocetas. Uma boceta parece um instrumento musical. Convulsiona todo o corpo, se tocada de modo adequado, ou melhor, se tocada do modo inadequado. Não há aulas para aprender este instrumento, este instrumento não se aprende. Sem regras. Sem lei. Mas quero ordenar alguma coisa com minha música. Quero destruir alguma coisa com minha música. As palavras são minha casa fora de mim. A música é um áspero mediador. Um vazio áspero mediador entre a questão do corpo de uma mulher e a da morte. Isso não é uma tese. Isso é o resultado de experiências — as minhas, no caso. Um homem deve acreditar em suas experiências, com as mulheres, com os livros, com os sons, com as nuvens, com as máquinas, com o caralho de ou sem asas.

Advertências:

[1.] Se alguém tiver a ideia, pouco viável, de transformar este livro em filme, peça de teatro, Bunraku, desenho animado, série de TV, novela etc. Uma única e inflexível exigência: que não haja música.

[2.] As composições musicais citadas de fato existem e são de autoria do compositor Paulo Guicheney. No entanto, nem os fatos narrados (quando há fatos narrados), nem qualquer outra coisa no livro têm relação com a vida de Paulo Guicheney, além do fato de ele haver ganhado o Prêmio XVII Bienal de Música Brasileira, 2007, com a peça *Anjos são mulheres que escolheram a noite* (que pode ser escutada neste endereço eletrônico: www.pauloguicheney.com).

Este livro foi composto nas tipografias
Minion Pro c. 11.5/14.8 e Frankling Gothic c. 11/14.8
e impresso na gráfica JPA para a
Editora Rocco em fevereiro de 2013.